La Jouissance de l'hystérique

Du même auteur

Le Médecin face au malade
Dessart, 1968 ; Mardaga, 1977

L'Hystérique, le sexe et le médecin
Masson, 1976 ; rééd. 1992

Initiation à la psychiatrie
Masson, 1984 ; rééd. 1991

Boiter n'est pas pécher
Denoël, 1989

Le Désir à l'œil
Séminaire 1975-1976
Arcanes, 1994

Pulsions de mort
Séminaire 1977-1978
Arcanes, 1998

Lucien Israël

La Jouissance de l'hystérique

Séminaire
1974

Éditions Arcanes

ISBN 2-02-035965-0
(ISBN 1re publication 2910729-12-5)

À Gaby Israël

Au moment où nous mettons sous presse, nous apprenons que Lucien Israël nous a quittés, le 18 janvier 1996, après une longue maladie.

Avec l'édition de ses séminaires, commencée en 1994 avec Le Désir à l'œil *et dont ce volume constitue la deuxième étape, l'équipe d'*Arcanes *souhaite rendre hommage à un enseignement épris de vérité qui, par son refus du dogmatisme, son amour de la parole et du désir, son sens de l'équivoque et du mot d'esprit, a profondément marqué plusieurs générations de psychiatres, de psychologues et de psychanalystes.*

Nous souhaitons contribuer par cette publication à ce que ce discours, qui n'a rien perdu de sa vie et de sa force, poursuive son œuvre.

Arcanes

La jouissance de l'hystérique *est la reprise du cours que le professeur Lucien Israël a donné à la faculté de Médecine de Strasbourg en 1974.*

La sténographie du cours et la dactylographie du texte actuel ont été assurées par Linette Kuntzel.

N'ont été modifiées que la ponctuation, certaines redites et allusions circonstancielles. Ces modifications ainsi que l'ajout de notes bibliographiques ont été accomplis, en accord avec l'auteur, par J.-P. Adjedj, J.-R. Froymann, Ch. Heriray et M. Pesenti-Irrmann.

Sommaire

Prologue *

J'ai l'intention de consacrer mon cours de cette année aux perversions. Je n'ai pas encore décidé si je parlerai des perversions, et c'est là que je compte en partie sur vous, parce que les questions que vous aurez à poser m'orienteront sur la façon qu'il peut y avoir de se faire entendre éventuellement ou de soumettre à la question quelque chose qui, actuellement, bien qu'ayant certains statuts officiels, relève justement de la question. Même les plus avertis d'entre nous ici auraient certainement des définitions très différentes à donner des perversions et chacune de ces définitions serait justifiée en fonction de l'origine du concept en question, en fonction aussi des personnes auxquelles on a affaire et auxquelles on est amené à coller cet attribut, ou cette épithète plutôt, de « pervers ».

Je ne pourrai, pour ma part, en parler que d'un point de vue précis qui est le point de vue analytique. Mais avant d'en parler, je ne pourrai pas me passer d'une préparation et c'est en fait à cette préparation que je vais aujourd'hui vous soumettre ; d'une part pour qu'à l'annonce du cours les gens ne soient pas déçus parce

* À partir de la conférence d'introduction au cours (nov. 73).

que je ne ferai pas ce qu'on pourrait appeler une clinique de la perversion, qui serait une espèce de résumé de la *psychopathia sexualis* de toutes sortes d'études qui n'ont pas été très nombreuses d'ailleurs de la fin du XIXe au début du XXe siècle. L'impulsion de Freud y a peut-être été pour quelque chose, et encore je pense que c'est bien davantage, mais là ce serait à un historien d'en parler et ce serait tout à fait intéressant et même capital. Je me demande si la notion de perversion n'est pas autant bâtie sur les premiers espoirs qui sont nés lors des débuts de l'hormonothérapie, de l'endocrinologie et même de la greffe d'organe. Débuts qui ne sont qu'apparents, parce que, dans ces greffes d'organe, ce qu'on visait c'était le rajeunissement, style Jouvence de l'Abbé Soury et, dans ce rajeunissement, on voyait s'exercer l'un des fantasmes de la médecine de l'époque, fantasme qui me paraît éminemment respectable, car lorsque le médecin envisage, dans le traitement de ses malades, de les rajeunir, c'est quelque chose de tout différent de ce qu'il peut envisager lorsqu'il s'agit pour lui de prolonger la vie. Le rajeunissement, sous un certain angle, peut paraître une recherche de la longévité, une recherche de la prolongation de la vie, mais dans le sens d'un recommencement, dans le sens d'une répétition. En fait, ce qui est visé, c'est tout de même un retour à une époque où étaient possibles, au moins dans l'imagination des gens – des médecins notamment –, certaines jouissances qui deviennent plus difficiles avec la vieillesse.

Étant donné qu'il n'est pas possible de résumer tout le matériel que j'ai pu accumuler jusqu'à présent pour un cours qui doit s'étendre sur une année, je vais me laisser aller à associer. Le terme de jouissance qui semble visé dans le rajeunissement – rappelez-vous d'où nous sommes partis, de l'idée que la notion de perversion a peut-être reçu une nouvelle impulsion à partir du moment où l'on a commencé médicalement à rechercher à rajeunir les gens – existe à ce moment-là dans l'esprit du médecin, qui tend à ramener son client à un âge où il était censé avoir accès à une jouissance donnée. Qu'est-ce que cela veut dire, sinon que restituer à quelqu'un cette jouissance implique que cette jouissance a été perdue et donc qu'elle a existé. Le seul moyen de se prouver l'existence de quelque chose, c'est de le perdre. On est absolument incapable de s'apercevoir par exemple de l'amour qu'on porte à quelqu'un aussi longtemps que ce quelqu'un est là. Évidemment, je ne m'en vais pas interpréter et conseiller à tous les amoureux de se suicider pour que l'autre soit conscient de son amour. Mais je n'ai pas dit non plus qu'un grand nombre de suicides n'avait pas pour cause la mise en doute fondamentale de cette possibilité de l'amour.

Il s'agit du fantasme du médecin, fantasme qui, bien sûr, sera assez aisément partagé par le client. Mais ce partage relève-t-il d'une demande adressée au médecin ou relève-t-il d'une suggestion de la part du médecin ? Là est une question que je me garderai bien de trancher. En tout cas, restitution de la jouissance, ce projet paraît un projet acceptable pour tout le monde, un projet que tout le monde approuvera d'autant plus qu'on ne se posera pas la question du sens même de ce qui est en jeu. Qu'est-ce que cela peut bien être, cette jouissance qu'il s'agit de restituer à quelqu'un ?

Je n'irai pas plus loin pour l'instant dans le problème de la jouissance, qui se trouve néanmoins au cœur de l'étude de la perversion. Mais ce n'est pas parce qu'il est au cœur de l'étude de la perversion que le pervers nous permet d'aller plus loin et d'en savoir davantage sur cette jouissance. C'est pourquoi il n'est pas possible de couper tout à fait l'étude des perversions de l'étude des névroses, car si quelqu'un a quelque chose à nous enseigner sur la jouissance, si quelqu'un a orienté Freud dans l'étude des visées névrotiques, ce n'est pas le pervers mais l'hystérique. C'est l'hystérique qui, elle – je la mets au féminin parce que c'est le plus fréquent –, a quelque chose à nous apprendre sur la jouissance. Seulement, ce quelque chose n'est pas forcément réjouissant et je ne dis pas non plus que l'hystérique nous enseigne ce qu'est la jouissance ni même nous démontre que cette jouissance existe, mais elle nous enseigne que, pour maintenir le statut d'une jouissance, il est nécessaire de se priver de quelque chose que l'on confond trop souvent avec la jouissance et qui est le plaisir.

Nous nous rendons compte en effet – et là, si vous voulez, nous pourrons en discuter, peut-être plus facilement même que sur les perversions à proprement parler, puisqu'un certain nombre d'entre vous ont déjà travaillé avec moi sur la question de l'hystérie, nous pourrons discuter sur cette idée – qu'il y a d'abord une différence de nature absolue et irréductible entre ce qu'on appelle jouissance et ce qu'on appelle plaisir. Pour aller jusqu'au bout de la formulation, qui est d'inspiration lacanienne, le plaisir est l'ennemi de la jouissance ; pas tout à fait l'ennemi, du moins pour l'hystérique, mais, plutôt, ce plaisir fonctionne pour l'hystérique comme l'ombre qui fait perdre la proie – lâcher la proie pour l'ombre. Pour ne pas lâcher l'ombre, on renonce au plaisir et on se consacre à une jouissance située dans le futur.

Retour aux perversions après ce petit crochet sur un moment possible, grâce à la coopération du fantasme médical, un moment possible de la relance de l'étude des perversions, relance qui a amené, à la même époque, le développement des *psychopathia sexualis* où l'on a décrit toute une série de tableaux cliniques qu'on a étiquetés pervers. Je ne reprendrai pas ces tableaux cliniques, parce que, pour ceux qui les ont lus, il est parfaitement évident qu'ils ne concernent qu'une toute petite minorité de sujets, c'est-à-dire que cette pseudo-étude de la perversion, pour importante et pour intéressante qu'elle soit, mène à localiser la perversion, à la fixer à certaines limites et à se dire que là est la perversion et nulle part ailleurs.

Or, justement, je ne crois pas que la perversion se localise chez ces grands pervers qui vont – ce ne sont pas toujours les mêmes qui sont cités – de personnages sadiques, tels Gilles de Rais ou Erzsébet Báthory ou Jack l'Éventreur, à quelques autres nécrophiles pour ne pas dire nécrophages. Limiter la perversion à ces cas-là, c'est méconnaître ce que ces cas monstrueux peuvent avoir de commun avec la perversion quotidienne. Or, cette monstruosité on la trouve tout aussi bien dans la sexualité la plus normale. Il n'y a pas longtemps, une revue médicale tout à fait sérieuse, elle, présentait des cas de morsures et de défigurations infligées à un partenaire par l'autre au cours d'activités sexuelles, un baiser un peu profond, un peu mordant et puis c'est la lèvre qui a fichu le camp... C'était un article de chirurgie esthétique qui n'avait rien à faire avec la perversion ; on y montrait comment on réparait bien les choses ; bien sûr, on peut toujours dire que c'est du sadisme, mais moi je n'en suis pas du tout convaincu.

Donc, si la perversion n'est pas cela, si elle n'est pas localisée aux grands cas, qu'est-ce qu'elle peut bien être ? Je vais vous donner une définition de la perversion et, si vous l'acceptez sans aucun mal, ou bien vous n'avez rien à faire ici parce que vous en savez largement plus que moi ou bien alors je crois qu'il faudrait avoir recours à autre chose qu'à la parole.

J'appelle pervers – je vais un peu m'occuper des hommes pour l'instant –, j'appelle pervers tout homme qui déclare désirer une femme parce qu'elle est désirable. Ça ne passera pas tout de suite, aussi vais-je le répéter. Le pervers, c'est celui qui supprime la subjectivité du « je ».

Là, il serait intéressant d'arriver à un dialogue bipartite, parce que je suis convaincu qu'il y a un tas de femmes qui marchent dans la combine. Seulement, pris de l'autre côté, c'est tout à fait différent. C'est différent de dire : je la désire parce qu'elle est désirable, et de dire : il me désire parce que je suis désirable. Si je vous ai pointé tout à l'heure les promenades du « je » subjectif, vous pouvez les saisir à pleines mains. Où est-ce que le « je » va se promener ? Qui dit « je » ? Quel est le « je » en question ? Quelle est la personne en question ? Je dis : elle est désirable, elle dit : je suis désirable. Qui est pervers là-dedans ?

Notez qu'en même temps on a supprimé tout de même toute sorte de symétrie, parce que ça peut sidérer un petit peu, une déclaration comme : « C'est de la perversion de trouver qu'une femme est désirable. » « Dire qu'elle est désirable, c'est pervers », ça étonne les gens, ça peut les offusquer, ça peut leur donner à réfléchir, ça peut avoir l'air de ne vouloir rien dire. Mais enfin, si on disait le contraire, si on suivait la psychanalyse impartiale, la psychanalyse qui se veut arbitre entre les sexes, c'est-à-dire la psychanalyse arbitraire, on dirait : Si l'homme dit : je désire une femme parce qu'elle est désirable, la femme doit dire : je désire un homme parce qu'il est désirable.

C'est tout l'effet que cela vous fait ? Vous avez déjà vu un homme désirable, vous ? Oui ? Ça me rassure parce que la perversion du coup n'est pas localisée aux hommes. La perversion chez la femme existe peut-être, mais enfin personne n'a jamais osé en parler et les gens qui en ont parlé n'en ont pas dit grand-chose d'éclairant.

Nous allons voir par quel détour on peut tenter de donner une signification à une déclaration comme : « Désirer une femme parce qu'elle est désirable, c'est de la perversion. » Le détour que je vais vous proposer est celui du lieu de rencontre avec le pervers ou avec la perversion. Qui rencontre le pervers et où ? C'est le problème majeur. Comment recueille-t-on le matériel sur lequel nous allons construire, développer un prétendu savoir sur quelque chose que nous appelons la perversion ? On peut d'ailleurs se demander si, comme c'est souvent le cas en médecine, on n'a pas commencé par forger un terme ou, plus exactement, par l'emprunter à d'autres disciplines pour tenter ensuite d'y mettre un contenu qui se ramènerait justement à un savoir.

De quel droit taxons-nous quelqu'un de perversion ? Parce qu'on connaît les excuses des psychiatres qui disent : « Bien sûr, il y a deux termes différents, il y a la perversité d'un côté et la perversion de l'autre, malheureusement, le français est si pauvre qu'il y a le même adjectif pour les deux substantifs, mais n'allez pas croire que, pour nous, dans notre esprit, le pervers soit pervers, c'est-à-dire que le pervers soit atteint de perversité, pas du tout, rassurez-vous, pour nous, le pervers c'est celui qui est atteint de perversion, ce qui, bien entendu, n'a aucun rapport avec la perversité. »

Pour arranger les choses, nous allons laisser de côté ce terme ambigu, ce terme emprunté à la théologie, voire à la gynécologie, enfin les versions – il suffit d'ajouter un « per » à une version pour que ça devienne une perversion. En effet, le père qui mettrait au monde son enfant en l'aidant à naître serait sans aucun doute un de ces pères verts, verts comme le vert galant, eh bien, cette perversion nous allons la laisser de côté et la remplacer par une terminologie toute différente, beaucoup plus précise, plus médicale, plus scientifique – car nous sommes des scientifiques ; nous allons remplacer ce terme de perversion qui nous donne une torsion on ne sait pas dans quel sens, ça fait vis sans fin – que vous écrirez comme vous voudrez –, par cette torsion qu'il y a dans la perversion, l'inversion...

Laissons cela de côté, c'est déjà partial, partiel, on va dire plus simplement que la perversion, c'est une déviation. Une déviation de quoi, par rapport à quoi ? Allons jusqu'au bout puisque aussi bien Freud nous a mis dans ce pétrin, une déviation de l'instinct par rapport à la norme. Donc il y a une norme ; une norme, ou bien elle est fixée par la loi humaine et c'est alors la loi tout court, la loi des flics, ou bien elle est imposée par des intermédiaires entre l'humain et l'animal et ça devient la loi divine. Actuellement, on a quelque chose de plus subtil, c'est la norme des psychologues ou des psychosociologues ou des sociologues, il y a une déviation par rapport à ça : Monsieur Kinsey vous dira que ce qui est normal, c'est de tirer sa crampe de telle façon, à telle fréquence, à tel moment et que tout le reste est pervers. On a été jaloux parce que vous savez fort bien que, quand on essaie de transplanter une échelle de graduation d'intelligence, par exemple, d'un continent à un autre, de l'Amérique à la France, on a toujours quelques surprises, et les Américains, enfin tous ceux dont on importe en France les échelles de valeurs intellectuelles, sont beaucoup plus bêtes que les Français et il faut donc approprier les normes aux capacités, aux performances françaises et on a fait du coup, je crois, un rapport sur la sexualité des Français où les Françaises vont très fort ! On a remis tout cela en ordre, on a donné des règles de normalité beaucoup plus précises, en fait, tout ça pour cacher que la véritable loi qu'il y a là en dessous, c'est la loi de la nature.

La loi en question, c'est la loi de la nature. Nous avons retrouvé notre bonne nature, celle que j'ai évoquée tout à l'heure, celle qui a fait que les truies ont une douzaine de seins pour nourrir une douzaine de gorets. C'est donc la nature qui veut qu'il y ait dans la sexualité normale un objet normal et un but normal. Qui s'est fait l'interprète de cette nature ? Qui nous l'a enseignée ? Le petit père Freud lui-même ; donc tout le monde s'est incliné, ils ont tous suivi comme un seul homme. Est-ce qu'un seul homme ça comporte des femmes ? Je n'en sais rien. Mais enfin, tous les psychanalystes du monde ont entonné à pleine trompette : puisque Freud l'a dit, ça ne peut pas être faux. J'ai relu exprès une des œuvres les plus ennuyeuses de Freud, les *Trois Essais sur la théorie de la sexualité*, et, pour me venger de ce que vous m'ayez imposé de la lire, je vous la conseille vivement comme lecture préparatoire pour ceux qui voudront suivre mon cours, parce que critiquer et oser critiquer Freud, c'est tout de même le début d'une certaine libération. C'est Freud qui nous dit qu'il y a des perversions de but ou des déviations de but et des déviations d'objet.

La déviation d'objet, c'est le monsieur qui va présenter ses hommages à autre chose qu'à une femme ou à quelqu'un d'autre qu'à une femme, c'est-à-dire à un homme, puis, pour nuancer, pour montrer qu'il était subtil, il a dit : aux vieillards, aux morts, aux bébés. Tout cela, c'est la déviation d'objet.

La déviation de but, là il faut tout de même lire entre les lignes. Il n'ose pas le dire parce qu'il vivait à une époque pudique. Qui dit but, dit quelque chose qu'on envoie dans un but, que ce soit des fléchettes ou le ballon. Cela implique que tout ce qui n'est pas le coup au but – il y aurait des contrepèteries à faire là-dessus – c'est pervers ; c'est-à-dire que tout ce qui est sexuel et qui ne comporte pas la pénétration d'un pénis dans un vagin, c'est de la perversion. Il faut tout de même que le pénis soit en jeu pour Freud parce que, tant que ce n'est pas le pénis, il ne dit pas que c'est franchement pervers, suivant en cela l'article du code pénal qui spécifie que les seins et les fesses ne sont pas protégés par la loi – je ne sais pas s'il y a quelqu'un en criminologie ou en médecine légale qui pourra me dire l'article, mais enfin je vous garantis que ça y est. La seule chose qui soit protégée, c'est justement ce que protège Freud, l'organe copulateur et reproducteur.

Il y a évidemment un glissement qui s'est produit là pour qu'on les considère comme synonymes. Et si nous assistons actuellement encore à une levée de boucliers contre tout ce qui voudrait dissocier copulation et reproduction, sexualité et grossesse, c'est probablement autour de ces mêmes fantasmes qui ont induit Freud, je ne dirai pas en erreur parce qu'il s'est largement racheté dans la suite des *Trois Essais*, cette même illusion a donc provoqué et continue de provoquer des glissements, des confusions de sens. Une déviation de but, c'est donc que le but naturel de la sexualité, que chacun sait être la reproduction, n'est pas une question de sexualité non reproductrice. Sinon, c'est un péché et quand je dis péché, c'est une perversion ; quand ce n'est pas cela, il y a déviation de but. Que le pénis en question aille se promener dans d'autres orifices ou entraîne d'autres manipulations que la pénétration vaginale, dans tous les autres cas il y a perversion, il y a déviation de but.

En fonction de ces deux catégories, déviation d'objet et déviation de but, on classe les perversions. Là où on commence à se taper le cul sur le bord du trottoir, c'est quand on voit que, selon les auteurs, le fétichisme est placé tantôt dans les perversions de but, tantôt dans les perversions d'objet. Or, s'il est une perversion qui peut nous amener à éclairer un tout petit peu nos réflexions sur la perversion, y apporter un peu d'ordre, c'est bien le fétichisme. Et ça, tout de même, Freud ne l'a pas raté car il a souligné que, s'il y a quelque chose qui est bien incompréhensible, c'est le fétichisme, disant par là que toutes les autres formes de pratiques, quelles qu'elles soient, homosexualité, voyeurisme, exhibitionnisme, sadisme, masochisme, peuvent à la rigueur paraître compréhensibles à n'importe qui. Parce que celui qui n'a jamais eu envie de flanquer une raclée à une femme, au moins à la sienne, vienne me le dire ; je n'ai pas dit que c'était de l'homosexualité, ça, mais enfin il y a tout de même des moments où, s'il n'y avait pas le signifiant – reportez-vous à « La lettre volée » –, qu'est-ce qui viendrait nous dire que le morceau de peau qu'on a sous la main et qui nous met dans des transes appartient à un personnage de l'autre sexe ou à un personnage du même sexe ? Les grains de la peau, vous pouvez toujours y aller, c'est bon pour les films. « Ça, c'est une peau qui répond » ou « Ça, c'est une peau qui attire », ce sont les grains de psychologie que les metteurs en scène glissent dans leurs dialogues les plus subtils. Je vous défie de reconnaître le sexe au toucher les yeux fermés, à condition qu'il s'agisse d'une partie suffisamment neutre et, tout de même, la majorité du corps humain est neutre. Bien sûr, si on vous met un mamelon érigé dans la main, vous ne le confondrez pas avec un pénis mais, mis à part ces organes-là, passez donc les mains dans les cheveux de quelqu'un, vous reconnaîtrez un garçon parce qu'il a les cheveux longs, c'est vraiment la seule différence.

Donc, le fétichisme occupe une place à part dans la sexualité, place à part marquée par ceci, que rien ne vient fonctionner comme pendant du fétichisme. On s'est amusé à accoler voyeurisme et exhibitionnisme, sadisme et masochisme, homosexualité et hétérosexualité, le fétichisme lui, reste tout seul. On a encore accolé gérontophilie et pédophilie, les jeunes et les vieux. À la limite, la nécrophilie, il n'y a pas de pendant, c'est une bonne indication pour la ranger sous la rubrique du fétichisme. Pourquoi ? Il n'y a qu'à voir ce que les gens portent sur eux comme fétiches...

Revenons-en à ce qui nous occupe actuellement, à savoir à cette question : où rencontre-t-on les pervers ? Comment est-ce qu'on les rencontre et qui les rencontre ? On a fait un pas de plus tout de même en se référant à la loi, la loi naturelle ou la loi autre. La loi naturelle, j'espère que je n'ai pas besoin d'ajouter que c'est par dérision que j'ai employé ce terme, sinon tant mieux d'ailleurs. S'il y a des gens qui l'ont pris au sérieux, cela montre qu'il y a encore des gens qui écoutent ce qu'on dit. Ça n'a aucun rapport avec le fait de le comprendre. Où est-ce qu'on rencontre les pervers ? Qui les rencontre ? Nous commençons par les situations les plus faciles, celles qui nous ramènent à la *psychopathia sexualis* de tout à l'heure, celles aussi qui mettent en jeu les lois. J'ai dit les lois des flics ; chacun sait que ce ne sont pas les flics qui font les lois et que dire : « On transgresse la loi des flics », c'est exactement faire la même chose que tout à l'heure lorsqu'on mettait les pervers parmi les grands criminels de la sexualité. Dire qu'il y a des lois de flics, c'est dire que tout le reste des lois n'a pas la même source et pas la même inspiration.

Je ne suis pas convaincu que l'anarchie soit une meilleure formule, parce que ça aussi c'est une loi. Je me souviens de l'effet produit un jour dans une intervention, une interprétation analytique, chez une personne qui me disait : « Ma femme et moi avons décidé de vivre sans principes », sur quoi je lui ai dit : « Premier principe, il n'y a pas de principe ». C'était la parfaite vérité, parce que édifier en loi systématique qu'il n'y a pas de principe, c'est prendre l'inverse de la loi, mais c'est tout autant reconnaître l'existence de la loi.

Alors, est-ce que ce sont les représentants de l'ordre qui vont rencontrer les pervers ? Dans une certaine mesure, oui. Les gens qui viennent s'exhiber à la sortie des églises ou des collèges, de filles de préférence, les viols organisés – c'est à peu près tout ce qu'il y a d'ailleurs –, ça heurte des lois et on arrête ces gens.

Cela m'a amené à rechercher les deux dernières expertises pour viol qu'on m'a apportées. La première, c'était l'histoire de trois jeunes gens fort bien qui avaient violé une fille ; la fille ne s'était pas défendue avec beaucoup de virulence contre les couteaux dont ils l'avaient menacée et tout de même un petit peu découpée. Alors, comme elle ne s'était pas assez défendue, on a intitulé cela « outrage public à la pudeur » : parce que, en effet, cela s'était passé pendant une foire et derrière une baraque de foire. Il y a des yeux innocents qui auraient pu voir ce qui se déroulait ; ce qu'il s'agit de protéger dans cette histoire, ce sont les yeux innocents, pas du tout la fille, parce qu'elle était prolétaire et qu'elle n'avait que ce qu'elle méritait. Elle n'avait qu'à pas aller à la foire...

Dans la deuxième expertise pour viol, il s'agissait d'un homme qui avait fait monter dans sa voiture une fille ; il l'avait emmenée dans un bois et tenté de la violer. Quand la fille s'est mise à crier, il est parti ; les flics l'ont rattrapé, lui ont passé les menottes et l'ont amené dans une salle d'un commissariat de police où on avait conduit auparavant le père de la fille. Les flics se sont retirés en disant : « On revient dans quelques instants. » Il est évident que le pervers que je vise, c'est le père, le père vert galant dont je parlais tout à l'heure.

Voilà donc les lieux de la rencontre avec le pervers, mais je ne me suis pas borné aux flics. J'ai déjà introduit le psychiatre sous l'une de ses formes cliniques, l'une de ses variantes, le psychiatre fonctionnant en tant qu'expert.

Je pense que tous ceux qui sont ici et qui vont fonctionner sous une telle étiquette, pour ne pas dire sous cette égide, se sont posé quelques questions sur ce qu'ils étaient en train de faire. Moi-même, j'ai passé par des phases où j'ai refusé d'en faire, puis j'ai de nouveau accepté et j'ai de nouveau refusé, puis de nouveau accepté. Ce qu'on fait là, comme auxiliaires de la justice, ne me paraît pas tellement évident.

De toute façon, il ne s'agit pas ici d'expertise, il s'agit des lieux autres que l'expertise où le psychiatre peut rencontrer le pervers. Là, je me réfère à quelqu'un que j'estime énormément et qui a beaucoup plus d'expérience que moi, à savoir Daumezon qui, dans le numéro 2 de *L'Inconscient*[1] consacré à la perversion, ne mâche pas ses mots et affirme que le psychiatre n'a pas l'occasion de rencontrer le pervers. Je crois que vraiment il n'y a pas à discuter cette opinion parce que, lorsque le psychiatre rencontre le pervers ou, plus exactement, la perversion, c'est à propos de tel ou tel symptôme sémiologique psychiatrique. Autrement, il ne le rencontre pas ou alors c'est qu'il y a eu quelque part une erreur d'orientation, parce que nous verrons tout à l'heure qu'actuellement quelqu'un, dans une certaine position d'écoute, peut entendre le pervers et peut entendre ce qu'il dit ou du moins essayer de l'entendre. Mais, d'une manière générale, le psychiatre ne rencontre pas le pervers. Il peut y avoir des cas d'exception mais enfin ce n'est pas la règle. Il y a les cas de perversion ayant fait l'objet d'une expertise qui arrivent ainsi chez le psychiatre mais, pour le reste, il est bien exceptionnel qu'il y ait rencontre, sinon pour un état dépressif auquel le pervers peut aussi bien être sujet que n'importe qui d'autre.

Il reste que c'est peut-être l'analyste qui peut rencontrer le pervers et c'est en tout cas à partir des travaux

1. Daumezon G., *L'Inconscient*, n° 2, PUF, Paris, 1967.

psychanalytiques qu'on aurait pu espérer en savoir un peu plus sur la perversion. Mais ce n'est pas tellement le cas, parce que ce qui s'écrit sur la perversion, ou bien c'est de la reproduction d'une tentative par le psychanalyste de reconstruire le devenir historique d'un pervers, c'est la reconstruction historique d'une vie, d'une biographie, c'est-à-dire simplement une psychiatrie affinée et approfondie, ou bien c'est un psychologisme à partir duquel il est impossible de se soustraire au souci de témoigner que le moi du psychanalyste, lui, n'est pas pervers. Autrement dit, la loi naturelle dont on parlait tout à l'heure est encore en train de faire des siennes et la visée du psychanalyste est de réintroduire le sujet dans une normalité dont il se ferait le garant parce que lui est censé savoir ce qui est normal ès sexualité.

Autrement dit, il est pratiquement impossible actuellement de repérer le pervers autrement que par rapport à cette loi, loi naturelle qui devient ici loi de l'adaptation, loi de l'inversion sociale, loi de la production-reproduction.

En général et dans tous les cas que je viens de vous décrire, la rencontre du pervers et de celui qu'on a mis en face de lui, à travers des périples qui seraient à décrire et à étudier, le pervers face à ce personnage – criminologue, psychiatre, représentant de l'ordre, psychanalyste – se trouve en face de quelqu'un qui, s'il n'est pas son ennemi, est tout au moins dans l'autre camp. Et ces deux personnages en vis-à-vis ne trouvent donc aucun moyen d'entrer dans le discours de l'autre, étant donné qu'ils veulent, en tout cas pour l'un d'eux – celui qui est du côté du psychiatre par exemple –, qu'ils veulent tenir un autre langage, un autre discours – ils se veulent être autres. Ces personnages-là n'ont qu'un souhait, c'est de faire du pervers l'autre, l'étranger, l'oiseau rare, l'animal rare et dangereux, l'*alienus*, c'est-à-dire que toute rencontre avec le pervers a une visée aliénante. Bien sûr, le risque d'aliénation n'est pas tellement grand, parce que le pervers, pour parler en termes egopsychologiques, a un moi fort et en général autrement plus fort que tous les personnages qu'il est amené à rencontrer, le résultat étant que le malentendu, pour ne pas dire la mésentente, ne peut aller que croissant.

À qui s'adresser alors pour en connaître un peu plus sur le pervers ? Comme nous l'a montré J. Clavreul [1], c'est essentiellement et tout d'abord à ceux qui ont voulu, pour des raisons qui leur sont propres, se reconnaître dans le pervers, ceux qui ont dit : Sade mon prochain. Vient alors toute la série des écrivains qui se sont intéressés à la perversion, de Klossowski à Deleuze en passant par Bataille, et aussi à ceux qui se sont en quelque sorte dans leurs textes exhibés comme pervers. Ce n'est tout de même pas par hasard que certaines des perversions, notamment le sadisme et le masochisme, ont été dénommées d'après des noms d'écrivains. Ce n'est tout de même pas banal qu'on donne à ces entités qui sont venues se ranger dans les catégories des maladies, les noms de ceux qui ont voulu soit se décrire, soit décrire quelque chose de leurs fantasmes.

À partir du moment où nous donnons droit de cité à ce mode d'approche de la perversion, à la limite sous forme de création littéraire ou de création poétique – si ce n'est pas un pléonasme – à partir du moment où

1. Clavreul J., « Le concept pervers », *Le Désir et la perversion*, Seuil, Paris, 1967.

nous considérons la perversion comme une poésie ou comme une création, bien sûr nous nous mettons d'emblée dans une position un peu provocante de défi rejetée par les belles âmes, mais nous nous rapprochons à ce moment-là d'une écoute possible du pervers. Ce n'est qu'à partir du moment où nous éloignons de nous toute visée thérapeutique, qu'il devient possible d'entendre ce que dit le pervers – non seulement toute visée thérapeutique, mais encore tout souci de savoir.

La plupart des jeunes psychiatres à l'heure actuelle n'éprouveront certainement pas de grandes difficultés à renoncer à la dimension thérapeutique. Ils en ont tous assez vu pour savoir que tout ou rien peut marcher aussi mal ou aussi bien dans tel cas donné ; ce n'est donc pas le souci thérapeutique qui est le plus difficile à abandonner. Mais, en revanche, aussi longtemps qu'on se donne bonne conscience en se disant : « On va fréquenter le pervers, on va interroger le pervers pour le comprendre, pour connaître quelque chose de nouveau », on supporte cette approche. Mais imaginons que nous nous privions de ce prétexte pour ne pas tromper le pervers, imaginons que nous renoncions à rencontrer le pervers dans un but scientifique, à ce moment se pose radicalement la question du pourquoi. Or, si j'ai rapproché la perversion de la création, qu'elle soit ou non poétique, artistique, peu importe, c'est justement pour franchir ce dernier pas, du moins ce dernier pas actuellement, car je ne crois pas que j'irai beaucoup plus loin pour l'instant.

Lorsque nous allons dans une exposition de peinture pour nous distraire et si nous ne faisons pas partie justement d'une catégorie de gens qui font ça par profession – si nous ne sommes pas des apprentis conservateurs de musée – lorsque nous allons dans de telles manifestations, dans quel but le faisons-nous ? On dira : c'est pour notre plaisir, et je pense que ce n'est pas contestable aussi longtemps qu'on se maintient au niveau du langage quotidien. Mais si, justement, nous ici, nous trouvant être un peu avertis de certaines nuances, en tant que psychiatres, nous disons : « Nous faisons telle chose pour notre plaisir » – bien sûr, il est heureux que le psychiatre lui aussi ait ses plaisirs et il n'y a pas de raison qu'ils soient différents des plaisirs des autres gens –, nous ne pouvons pas ne pas nous poser la question : qu'en est-il de la jouissance ? Si quelque chose s'appelle plaisir, qu'advient-il de cette autre chose qui s'appelle la jouissance ?

Les psychanalystes eux-mêmes ont envie de se le dire souvent, que le plaisir suffit et qu'on n'a pas à chercher plus loin. Mais faut-il tout de même qu'on soit obligé de se défendre pour dire : laissez-nous tranquilles avec vos autres histoires d'au-delà du plaisir, d'au-delà du principe de plaisir. Eh bien, à ce moment-là, on découvre qu'il s'agit de tout autre chose ou que, du moins, chaque fois que le plaisir fonctionne, c'est sur un fond d'autre chose et qui est évité. Cette autre chose qui est évitée, c'est ce à quoi nous ne permettons pas de surgir, du fait que nous occupons notre temps à des activités qui nous sont agréables. Je sais bien que nous côtoyons là, sur un fil, les domaines de la morale, de la métaphysique, de la mystique, qui sont peut-être de mauvais voisins, mais enfin des voisins qui viennent donner un sens différent à ces considérations sur la jouissance et le plaisir. Je pense d'ailleurs qu'il y a des gens pour qui la création artistique ou la contemplation et la fréquentation de l'œuvre d'art sont de l'ordre de la jouissance.

Il est même probable que ce soit l'une des formes de jouissance accessible où nous serions du côté de la sublimation, au sujet de laquelle les analystes sont bien discrets. Où parle-t-on de sublimation ? Qui, à part Freud, parle de sublimation ? Lorsque le terme, malgré tout, malgré cette espèce d'ostracisme qui l'a frappé, est entré dans le langage commun, il a été tout à fait dévié. La sublimation est, pour Freud, très rigoureusement, très strictement, très radicalement l'un des destins des pulsions, la sublimation est quelque chose d'immédiatement pulsionnel.

Nous aurons à étudier ce qu'est la pulsion, mais il n'est pas possible de justifier tous les concepts qu'on est amené à employer, à utiliser. Ne croyez pas que je l'utilise sur un fond vide, mais parler maintenant de la pulsion, ce serait démarrer sur un nouveau développement.

La sublimation qui est peut-être en jeu dans la contemplation, dans la création artistique, n'est peut-être pas étrangère à notre rencontre avec le pervers. À entendre les choses ainsi, une réponse se propose : que c'est par jouissance que l'analyste rencontre le pervers. Du coup est infligé un démenti à l'hypocrisie de l'analyste qui s'en va répétant : je ne sais vraiment pas pourquoi le pervers vient chez moi. Pourquoi l'hypocrisie ? C'est qu'en disant : je ne sais pas cela, cela veut dire que tout le reste, je le sais. Je ne sais pas pourquoi le pervers vient chez moi, cela veut dire que je sais pourquoi tous les autres viennent chez moi.

Les seuls cas où on peut le savoir, c'est quand il vient dire : « Je veux être analyste. » Là, en effet, on est tranquille, parce que, dans ce cas, il n'y aura jamais d'analyse. Il n'est pas concevable qu'on entreprenne une analyse en se disant qu'on veut être analyste. « Je veux arriver là en passant par chez vous », c'est tout ce que cela veut dire.

Bien sûr, il est parfois possible d'introduire là-dedans un peu de lumière, mais c'est exceptionnel. Ça, c'est pour l'hypocrisie de l'analyste. Il est beaucoup moins hypocrite lorsqu'il veut bien reconnaître que sa rencontre avec le pervers n'est pas sans rapport avec la jouissance, mais que ce n'est pas sa jouissance qui est en jeu dans ce qu'il entend. C'est bien plutôt quelque chose que j'ai désigné tout à l'heure comme le quelque chose dont il ne parle pas, quelque chose de l'ordre de la sublimation. À partir de là il peut, en effet, j'allais dire goûter – c'est mon oralité – ce que le pervers lui donne à entendre et il peut y reconnaître ce qui chez lui a suivi cette voie qu'à aucun moment pratiquement de son analyse il n'aura explorée. Il repérera ce qui chez lui a justement suivi cette voie de la sublimation.

Parce que, finalement, le fin fond de la pudeur de l'analyste, et même du pervers, pourquoi pas ? et de n'importe qui, c'est de se reconnaître comme, jusqu'à un certain point, conforme. À quoi ? Ce n'est pas forcément la même chose pour tout le monde. Mais enfin, à reconnaître cette partie de soi qu'on supporte fort bien sans qu'elle soit marquée d'une aliénation dévalorisante, finalement par cette curieuse voie se réintroduit – horreur ! – quelque chose de l'ordre du « *Man fühlt sich wohl im Guten* » de Kant, qui donne cette curieuse traduction en français : « On se sent bien dans le bien » – c'est ainsi que les gens l'ont traduit – c'est cela la pudeur de l'analyste. Et alors il faut voir les plus avancés, l'avant-garde de l'analyse qui a franchi la passe, c'est comme ça que Lacan désigne l'entrée dans la fin, le commencement de la fin de l'analyse, le moment où se passe cet extraordinaire virage de l'analysant à l'analyste. Tout de même, les analystes, ils ont bien été des analysants un jour. C'est dans la mesure où ils n'ont pas été des analysants qu'ils ne sont pas des analystes. C'est au moment de ce virage qu'il se passe quelque chose. On est stupéfait, et douloureusement je l'avoue, d'entendre ces passés, trépassés, dépassés, comme on voudra, dire que ça a été pour eux une espèce d'ascèse et que, depuis, ils n'ont plus envie de rien. Là, le premier psychiatre venu reconnaîtra que c'est simplement un hystérique qui s'est transformé en obsessionnel. Est-ce suffisant pour devenir analyste ? Je n'en suis pas du tout convaincu.

Nous voilà sur un drôle de terrain, face à notre pervers, sur un terrain qui est celui de la sublimation de l'analyste, sublimation qui se fait en général à son insu, qui reste profondément enfouie dans son inconscient. Et il reste ceci, que si nous voulons comprendre le pervers, il n'y a presque qu'à s'inspirer de ce que disait, il y a pas mal d'années, Henri Ey à propos des psychotiques : on est devant quelque chose qui serait une création, naturelle disait Henri Ey, ou quelque chose de cet ordre-là, enfin une œuvre d'art spontanée. Je ne dis pas du tout que ce soit de l'ordre de l'esthétique, la perversion, mais c'est de l'ordre de la création, de l'invention, de l'imagination au pouvoir et, au fond, étant donné qu'il s'agit de la création de l'autre, elle ne peut qu'être radicalement étrangère à l'un, quel qu'il soit, cet *un* étant parfois l'analyste. Et s'il veut en entendre quelque chose, il ne peut pas ne pas y laisser des plumes. Des plumes qu'on laisse à chaque passage par l'analyse, à chaque passe, comme je disais tout à l'heure. Ces plumes vont lui faire reconnaître en lui-même qu'il y avait en lui quelque chose qui n'était pas étranger à la perversion, mais qui a subi une voie restée dans le refoulement, cette voie étant celle de la sublimation, aussi curieux que cela puisse paraître. La sublimation est l'une des voies refoulées, l'un des destins refoulés de la pulsion.

J'ai dit que le sous-titre de ce que j'avais à vous dire en introduction s'intitulait « Prologue à un cours ». Je suis très conscient que je laisse en suspens toute une série de questions... Il ne m'est pas possible, pour différentes raisons, d'aller plus loin sur certaines d'entre elles, soit qu'elles exigent, comme pour ce qui concerne la pulsion, une préparation, une référence aux textes, une référence aux cas, soit, beaucoup plus souvent, parce que moi-même j'en suis là de mes réflexions et il faut que j'attende que se rencontrent les étincelles des questions que peut-être vous allez soulever tout à l'heure pour que vienne pour moi une indication qui me permettra d'aller plus loin.

Pour justifier ce terme de prologue et pour que ceux qui voudront bien continuer à travailler avec moi, qui en ont la possibilité, puissent se préparer à ce travail, je rappelle quelques textes. Parce que en général on en est un peu à court lorsqu'il s'agit de perversion, on ne sait pas trop bien à quel texte s'adresser. D'une part le texte de Daumezon que j'ai cité tout à l'heure ainsi quc tout ce numéro 2 de *L'Inconscient* consacré entièrement à la perversion. Il y a également un texte de Perrier et Granoff[1] sur la perversion chez la femme. Je crois que

1. Granoff W., Perrier F., « Le problème de la perversion chez la femme et les idéaux féminins » *La Psychanalyse*, 7, PUF, Paris, 1964, p. 141-199

c'est l'un des seuls textes qui soit consacré à la perversion féminine où l'existence de cette perversion est mise en question. Je vous dirai tout de suite que, pour ma part, il y a une homosexualité féminine indéniable mais peut-être est-elle davantage marquée de la mascarade que ne l'est l'homosexualité masculine. L'homosexualité féminine est très fréquemment plus exhibée que ne l'est l'homosexualité masculine.

Ceci pour les textes péri-lacaniens. Pour les textes de Lacan proprement dits, il y a « Kant avec Sade [1] », il y a « La signification du phallus [2] » et il y a, dans le *Séminaire XI* [3], publié en 1973, les chapitres consacrés à la pulsion. En 1974 vont paraître les *Études sur l'Œdipe* [4] de Moustapha Safouan qui traiteront de certains aspects de la perversion. Et il y a aussi tous les écrivains que j'ai évoqués, que ce soient ceux qui se sont intéressés à la perversion – Klossowski, Deleuze, Bataille – ou ceux qui se sont présentés comme pervers, Sade, Masoch ou Jean Genet.

Avant d'arrêter là le flot de mon discours, quelques mots tout de même pour orienter les réflexions dans ce qui n'est plus maintenant les généralités sur la perversion, mais les aspects plus spécifiques.

Qu'est-ce qui peut guider notre intérêt par exemple dans l'étude de l'homosexualité ? Il y a un fourvoiement habituel dans la recherche d'une quelconque fixa-

1. Lacan J., « Kant avec Sade », *Écrits*, Seuil, Paris, 1966, p. 765-790. Publié dans *Le Désir et la perversion*, Aubier, 1979.
2. Lacan J., « La signification du phallus », « *Die Bedeutung des Phallus* » *Écrits*, Seuil, Paris, 1966, p. 685-695.
3. Lacan J., *Les Quatre concepts fondamentaux de la psychanalyse, Le Séminaire XI*, Seuil, Paris, 1973.
4. Safouan M., *Études sur l'Œdipe*, Seuil, Paris, 1974.

tion à tel ou tel stade de maturation, stades parfaitement imaginaires, ou du moins ce qui est imaginaire, c'est qu'il y aurait une chaîne continue partant d'un stade primitif dit oral, ou musculaire ou respiratoire, selon la classification à laquelle on se réfère, qui irait dans le sens d'une espèce de neuronisation, de myélinisation progressive jusqu'à la génitalité. Ce qui se méconnaît, c'est justement la coupure entre un prégénital qui reconnaît une pulsion où peut se nommer l'objet et un génital où, tout d'un coup, la pulsion flotterait en l'air et irait se fixer sur un objet ou sur un but non déterminé. Il y a là quelque chose de tout à fait différent. Cette idée de la coupure entre ces différentes catégories nous amène au lieu où se repère la coupure, à savoir à l'image spéculaire. Et s'il y a une voie qui s'avérera féconde, c'est celle de la relation entre l'image spéculaire et le sujet dans l'homosexualité.

Cette histoire d'image nous amène à cette autre forme d'image, concrétisée celle-là, qui est le fétichisme dont j'ai déjà dit qu'il était la plus pure des perversions. C'est à propos du fétichisme que s'illustre le mieux ce qu'on a essayé de traduire par le déni, la *Verleugnung*. Le déni, le démenti, cette *Verleugnung* a une importance capitale car elle fait partie des trois voies offertes à l'inconscient pour tenter d'agir sur le signifiant. Vous savez que ces trois voies apparaissant beaucoup plus groupées en allemand que ne peut le rendre la traduction française, c'est la *Verdrängung*, le refoulement, voie névrotique, la *Verwerfung*, le rejet ou la forclusion pour reprendre le terme lacanien, qui serait la voie de la psychose et la *Verleugnung*, le démenti, le déni, pas la dénégation. Le déni, c'est la voie de la perversion. Ceci nous indique aussi que ces trois catégories sont structuralement différentes et que l'articulation du sujet au signifiant sera différente. C'est à cela que nous devons être ramenés en fin de compte et j'ai gardé pour la fin quelques phrases du sadisme.

Sade est en fait peut-être le premier à avoir dénoncé ce qui constitue la perversion et c'est là que je vais boucler la boucle, celle que j'ai amorcée en disant : est pervers tout homme qui désire une femme parce qu'elle est désirable. Ça ne peut tout de même pas ne pas évoquer le : *Opium facit dormire quia habet virtus dormitiva*, l'opium fait dormir parce qu'il a une vertu dormitive. La femme fait bander parce qu'elle est désirable, c'est la transposition. Or, ce n'est pas vrai. Quand je prends cette dernière formulation, cela devient évident. Ce qui se passe dans l'invocation de la nature comme cause du désir, mais la nature de l'autre, amène à la suppression ou du moins à l'esquive, au retrait, à la mise de côté du sujet en tant que désirant. Je ne désire pas parce que je suis désirant ; je désire parce que l'autre est désirable. C'est là que se passe l'entourloupette du pervers. Mais il s'agit d'une *Verleugnung*, donc de quelque chose qui, en définitive, reconnaît quelque part la vérité et cette *Verleugnung* est un déni, non pas de justice, mais un déni de loi.

Le pervers dit que la loi symbolique qui en fait un sujet désirant n'existe pas. Or, qu'a fait Sade au long de toute son œuvre, ennuyeuse au possible, sinon tenter de dénier la nature ou, plus exactement, tenter de la contester, de la réfuter, parce que là il ne s'agissait plus d'un déni. Ce dont il s'agissait pour lui, c'était, aussi curieux que cela puisse paraître, un acte de fétichisme. C'est le corps marqué par l'instrument de torture, le corps marqué de l'autre qui devient objet de désir. Et qu'est-ce qui se repère dans cette marque sinon le fait qu'elle a été inscrite par le sujet désirant lui-même ?

Ce dont il s'agit, c'est de détruire ce fantasme d'une nature, bonne ou mauvaise, peu importe, qui voudrait qu'on se reproduise, une nature qui nous imposerait de nous reproduire et qui ferait de nous des espèces de plantes, d'animaux, d'animaux inférieurs qui passeraient par toute une série de métamorphoses jusqu'à cette explosion terminale, cantique au créateur, la fleur, c'est-à-dire l'organe génital et plus rien d'autre. À partir du moment où l'être humain, qui comporte incontestablement cette partie animale, la partie où l'être humain a été marqué justement, non par le signe du sadique mais par le signifiant de la loi de l'Autre, par le signifiant de l'Autre symbolique, à partir de ce moment-là, le sujet est divisé, ce qui le met dans une position très souvent impossible et insupportable mais à laquelle, quoi qu'il fasse, il ne peut pas échapper. La perversion, en fin de compte, est l'une des tentatives d'échapper à cette condition qui nous est infligée, non pas par la nature mais par l'existence même du discours, par l'existence même de la parole, c'est une des façons d'y échapper en niant la loi, la loi qui est ici la loi de la différence des sexes.

Une évocation littéraire rappelle que le corps n'est pas désirable, mais mémorable. Ce mémorable nous amène d'un côté au corps mémorable d'Eluard et, d'autre part, assure une articulation avec la phrase de Freud : « L'hystérique souffre de réminiscence. » Tout au long de nos essais de nous approcher de la perversion, nous serons obligés de nous guider, comme l'a fait Freud d'ailleurs, sur la névrose et notamment sur l'hystérie. Vous savez que Freud a appelé la névrose le négatif de la perversion ; même si cette expression est contestée par certains, si elle demande une certaine interprétation, elle marque en tout cas que les deux ne sont pas sans rapport.

Ce qui m'a guidé là, c'est en grande partie une improvisation... J'ai consulté l'*Encyclopædia Universalis* et je vous recommande l'article sur la perversion de J. Clavreul[1], qui est tout à fait remarquable, d'une simplicité et d'une concision exemplaires. En même temps, j'ai lu l'article « Toxicomanie » et là, ce n'est plus du tout pareil. Je ne connais pas la personne qui l'a écrit, mais on y trouve ceci : que le toxicomane, bien sûr, croit transgresser la loi des règlements, la loi des flics, en colportant de la drogue. Mais pas du tout, ce n'est pas de cela qu'il s'agit. Il transgresse la grande loi naturelle qui interdit d'attenter à sa vie. C'est évidemment beaucoup moins brillant, mais cela vous montre où la perversion va se fourrer.

1. Clavreul J., « Perversion », *Encyclopædia Universalis*, vol. 12, 1966.

1

La jouissance de l'hystérique

Le projet d'aujourd'hui, c'est la jouissance de l'hystérique.

Ce titre est destiné à tous ceux qui seraient déçus si j'abordais ce cours selon le mode prévu initialement, à savoir si je me mettais d'emblée à traiter des perversions. Vous êtes bien trop jeunes pour que je vous plonge dans la perversion sans vous avoir rappelé auparavant ce que j'avais dit l'an dernier concernant l'hystérie.

J'ai trouvé dans mon courrier l'annonce de quelque chose qui s'appelle *Nouvelle École*, revue de critique et de synthèse des idées contemporaines, dont je vais vous lire le contenu :

> « Cher Monsieur, Chère Madame, Le dernier numéro de *Nouvelle École* est consacré à la psychiatrie, la véritable psychiatrie, à celle qui progresse, qui soigne, qui guérit. À force de se croiser, freudisme et marxisme ont fini par produire, dernière en date de leurs œuvres communes : l'antipsychiatrie. Cette mode des plus envahissantes correspond à un phénomène à ne pas sous-estimer. Elle véhicule sous des formes diverses trois idées principales :
> « 1. Il n'y a pas de malades mentaux.
> « 2. C'est la société qui aliène.

> « 3. Les fous, seuls individus normaux, indiquent la route à suivre.
> « Les adeptes de l'antipsychiatrie oublient que la psychiatrie est une discipline médicale et non une annexe des sciences humaines ou de la littérature. [On voit d'emblée la distinction entre sciences humaines et médecine]. Les progrès qu'elle a réalisés depuis trente ans ne sont dus ni à la psychanalyse ni au freudo-marxisme, mais bien au développement des sciences exactes : [Admirez l'énumération des sciences exactes] psychologie expérimentale, génétique, biologie moléculaire, pharmacologie, pharmaco-psychiatrie, etc. Ce numéro de *Nouvelle École* a pour but de mettre un terme à la confusion des esprits. Le lecteur y trouvera des faits précis et des notions simples. Nous avons fait appel aux meilleurs spécialistes : au célèbre psychologue britannique Hans J. Eysenck, au Professeur Pierre Debray-Ritzen de l'hôpital Necker et au Docteur Quentin Debray, auteur d'un essai sur génétique et psychiatrie. Nous avons pensé que ce numéro de *Nouvelle École* pourrait peut-être vous intéresser. Veuillez agréer...

Et c'est signé par monsieur Alain Debenoit, rédacteur en chef.

À ceci est joint un prospectus des œuvres complètes du sieur Eysenck et du sieur Debray dont l'une des annonces n'est pas sans intérêt : « Le déclin et la chute de l'empire freudien », une étude du célèbre psychologue britannique Hans J. Eysenck.

> « Au lieu de faire comme les autres sciences qui assemblent soigneusement des faits, puis cherchent d'autres faits susceptibles de confirmer ou

> d'infirmer ces théories, la psychiatrie a trop souvent suivi l'habitude de la psychanalyse de bâtir d'énormes théories à portée générale qui ne sont pratiquement fondées sur aucun fait et n'opposent que mépris à ceux qui s'inquiètent de vérifications. La faible considération dont jouit la psychiatrie dans certains milieux scientifiques et médicaux est bel et bien due à la révolution freudienne. Ce n'est donc qu'en abandonnant Freud que la psychiatrie pourra être reconnue comme discipline médicale véritablement scientifique. »

Si j'ai développé cela, c'est pour qu'il n'y ait pas de malentendu. S'il m'arrive de parler de psychiatrie, ce ne sera pas de cette psychiatrie-là.

Cela dit, il faut bien que je justifie un peu mon titre d'aujourd'hui. Le sujet est d'importance. Ce titre est apparemment coupé du titre général sur les perversions et reprend ce qui était impliqué dans le dernier cours de l'an dernier intitulé, je vous le rappelle : « Éloge de l'hystérique ».

Pourquoi cet éloge ? Il n'est plus à faire puisque chacun sait que c'est grâce aux hystériques que Freud a pu inventer la psychanalyse. Cet éloge, je l'avais fait, non seulement pour reconnaître ce seul mérite de l'hystérique, mais parce que, dans son combat pour la défense d'une certaine cause, l'hystérique est celle qui sauvegarde la sexualité. Elle sauvegarde d'une part les droits de la sexualité mais également préserve la sexualité de tout galvaudage. Nous verrons que la fameuse libération sexuelle dont on parle est peut-être l'un des galvaudages les plus dangereux, non pas pour le sexe, mais pour le sujet dans son ensemble. Car, j'y reviendrai et je le répéterai, que nous proposent l'éducation sexuelle, l'information sexuelle, que nous promet cette libéralisation de tous les aspects de la sexualité ? Rien d'autre que de mettre la sexualité au rang de n'importe quelle autre fonction de façon à ce que cette sexualité puisse, selon l'angle sous lequel on l'envisagera, être considérée par les physiologistes comme une des grandes fonctions organiques, par les psychologues comme une des aptitudes éventuellement mesurables de l'esprit humain, par les sociologues comme une des nombreuses forces qui détermineront le champ social. Enfin, par les économistes pour lesquels le sexe ainsi rendu à la libre circulation tombera évidemment dans celle des marchandises ou des produits en perdant sa dimension de création.

Or, l'hystérique ne veut pas de ce sexe-là ou du moins lorsqu'elle fera mine de s'en servir voire de le prôner, il sera aisé de lire de la dérision dans cette mise en scène et cette représentation du sexe.

Si, l'an dernier, je soutenais que l'hystérique sauvegardait surtout la sexualité devant les menaces obsessionnelles, aujourd'hui je donne à cette obsessionalisation, à cet assiégement du sexe, une dimension supplémentaire, celle de la prise du sexe en marchandise. Bien sûr, on peut y repérer un certain sceau obsessionnel. Ce serait pourtant faire la part trop belle à cette critique que de réduire tous les problèmes économiques à des traits obsessionnels, critique qui concerne aussi bien la psychanalyse que l'économie politique. Ceux qui manipulent les forces de l'économie sont peut-être parfois obsessionnels mais ce n'est pas l'essentiel de leurs caractéristiques. Peut-être les rencontrerons-nous en cours de route, car si notre travail sur les perversions doit aboutir à quelque chose, c'est à repérer la place de ces perversions dans le corps social actuel et non pas dans la psychiatrie. C'est quelque chose de tout à fait différent.

Si l'hystérique nous offre le modèle d'une certaine forme d'aménagement de la relation aux pulsions, ce modèle qui est celui du refoulement peut trouver d'autres variantes telles que l'isolement dans la névrose obsessionnelle. Mais le nombre des dispositifs destinés à capter les pulsions et à les amener à ce qu'on peut encore appeler une expression clinique ne se limite pas à ces mécanismes névrotiques. C'est au niveau des perversions que nous repérerons le mieux la capture de ces pulsions, leurs modifications et leur métabolisation économique.

Ces quelques propos sur la jouissance de l'hystérique paraissent coupés du thème général de la perversion. Il y aura bien d'autres coupures... La coupure va nous suivre d'un bout à l'autre de nos entretiens ; c'est, bien sûr, la découpe ou la coupure par le maquillage de l'hystérique. Dans certaines formes de perversion, le fétichisme notamment, la coupure a une fonction des plus évidentes. Le bas qui s'arrête sur la cuisse découpe ainsi une zone que l'on peut croire indicative, où l'on pourrait lire le chemin vers le sexe, au sens anatomique. En fait, cette coupure dessinée sur la chair, sur la jambe, sur la cuisse devient l'attrait principal où il sera aisé d'indiquer la barre qui sépare – mettons pour l'instant – le signifiant du signifié. Cette coupure, cette trace, cette marque, nous la retrouvons de toute évidence au niveau du sadisme.

Ce n'est pas sans raison que j'ai choisi de vous reparler de la jouissance de l'hystérique, de ce qui semblait terminé l'an dernier. En fait, il n'est pas possible de parler de ce qui est en cours, on ne peut parler que de ce que l'on considère comme terminé, et c'est à ce niveau-là que l'on peut retrouver la marque, le précipité de ce qui au cours du devenir de l'événement, avant son achèvement, peut nous représenter nous-mêmes. Bien entendu, on ne peut parler en psychanalyse que de ce qui est terminé et vous savez combien on s'expose à des errances lorsque l'on tente dans un travail psychanalytique d'intervenir auprès d'un sujet lorsqu'il aborde quelque chose qui est en cours. Une telle intervention, en général rejetée par le sujet, serait l'immixtion dans quelque chose qui lui appartient en propre.

C'est cela qu'il faut entendre lorsque Freud nous dit que le rêve est la voie royale d'accès à l'inconscient. Non pas parce que ce rêve apporte un matériel particulièrement facile à déchiffrer, loin de là, mais parce que, contrairement à ce qu'on a voulu dire pendant des siècles pour ne pas dire des millénaires, le rêve n'engage en rien l'avenir. Le rêve est un événement terminé, un événement clos et nous aurons à écouter ce que Freud nous en dit dans le texte intitulé « Sur quelques mécanismes névrotiques dans la jalousie, la paranoïa et l'homosexualité [1] ». Nous y verrons l'aspect étrangement moderne de son interprétation selon laquelle aucun refoulé, quel qu'il soit, ne porte la marque du pathologique.

Une telle affirmation devrait suffire à clore beaucoup de discussions et de questions qui dérivent à partir d'imprécisions : ce qui se refoule n'est pas le pathologique. Ce que c'est, nous aurons peut-être à le voir, nous y arri-

1. Freud S., « Sur quelques mécanismes névrotiques dans la jalousie, la paranoïa et l'homosexualité », *Névrose, psychose et perversion*, PUF, Paris, 1973.

verons peut-être, mais ce n'est en tout cas pas quelque chose de pathogène. Le pathogène est à chercher ailleurs. Dans le préconscient, très précisément. Dans ce préconscient qui, dans ce même texte, est pour Freud déterminé et par l'entourage familial et par l'entourage social.

Le rêve apparaît comme un événement terminé et, ce qui en fait la voie royale vers l'inconscient, c'est qu'après tous les efforts d'interprétation voire de reconstruction partant de certains rêves quelque chose peut être lu qu'il n'était pas possible de lire par avance, à savoir le désir. Ce désir, lu après coup, est le précipité sur lequel s'établit le sujet ; le sujet que nous pouvons ainsi, à titre un peu de provocation, un peu d'hypothèse, un peu d'affirmation, définir comme le cénotaphe des désirs passés. Ces désirs passés, je m'empresse de dire qu'ils peuvent être accomplis et pas seulement en rêve. Ce cénotaphe – de *kénotaphion* – a un sens très précis : c'est un tombeau vide, un tombeau qui n'a jamais été occupé par le cadavre qui lui était destiné. Car il n'y a pas de désirs morts que l'on puisse enterrer. Les désirs ressuscitent et laissent vide ce tombeau que d'aucuns se réjouissent de lui préparer. Qui ? Je pense que nous rencontrerons ce « qui » en cours de route.

Tout cela pourrait à bon droit vous laisser entendre que j'ai quelque peine à aborder ce sujet dévié ou dévoyé par rapport aux perversions, ce sujet de l'hystérie. Il est vrai qu'il y a une difficulté à parler d'hystérie, qu'elle est même exemplaire et liée à ceci : parler d'hystérie ne peut consister qu'en la mise en évidence de la coupure. L'hystérique veut dire quelque chose et ne le peut pas. Il y a dans son discours un trou analogue à toutes les coupures que nous allons rencontrer à l'œuvre dans la vie, dans le comportement et dans les tentatives d'expression hystériques. C'est d'ailleurs par ce trou dans le discours que l'hystérique a pris toute son importance pour l'analyse. C'est en tentant de mettre au jour ce que ses hystériques voulaient dire que Freud a été amené à produire un autre discours, le discours de l'analyste qui se comporte ainsi en véritable dérivé au sens mathématique du terme, dérivé du discours de l'hystérique. Le discours de l'hystérique est troué, ai-je dit, et dans ce trou quelque chose apparaît qui ne devrait pas en fait effrayer le médecin. Et pourtant, dès que le médecin a perçu cette apparition dans le trou, il s'est empressé de le combler entre autres par le recours à cette psychiatrie scientifique, exacte, précise, dont on nous rebat les oreilles.

Ce qui apparaît dans ce trou, c'est le corps. Et Freud a marqué ce trou, l'a balisé. Mais comment peut-on baliser un trou dans le discours sinon en y mettant un élément de discours qui va fonctionner, pour ceux qui savent entendre, comme une marque dont la signification est à créer ? Malheureusement, on ne peut pas empêcher que n'importe quel discours soit aussi ouvert à ceux qui ne savent pas l'entendre et qui liront ces termes manquants comme déjà chargés de sens au niveau le plus abrasé, le plus élimé, au niveau de l'objet ou de l'explication. Ce terme, c'est celui de conversion somatique. Il ne désigne pas autre chose que le discours manquant où vient apparaître, entre les mailles du discours existant, un morceau de corps marqué dès le départ par le réseau de coupure. On ne se méfiera jamais assez de l'utilisation fourvoyée d'un tel signifiant, on ne se méfiera jamais assez d'introduire dans le discours psychanalytique ce terme de conversion somatique comme s'il s'agissait d'une explication. Et les psychiatres, même les plus hostiles à la psychanalyse, se sont, bien entendu, emparés de ce terme pour en orner leurs discours, leurs lettres, leurs travaux, tout étonnés après cet usage de découvrir qu'ils n'ont rien dit et d'en faire le reproche à la psychanalyse qu'on accuse alors d'être un discours qui ne transporte rien. Si on était capable d'entendre ce qu'est ce « rien », on pourrait peut-être s'ouvrir à ce qui apparaît justement dans les trous. Mais une fois décapé, ce terme retrouve sa fonction de maintenir béant un mystère, de maintenir la béance du trou et cette béance nous montre où quelque chose est à entendre, où quelque chose manque, autrement dit, nous sommes en présence d'un signifiant à l'état pur.

Nous aurons beaucoup à dire cette année à propos du manque, car de plus en plus s'élèvent des voix pour nous dire ceci : la théorie du manque n'est pas autre chose qu'une reprise au compte de la psychanalyse d'une certaine forme de pensée religieuse. Le manque en psychanalyse n'est pas un corrélat du corps, c'est un corrélat du discours. N'ayez crainte, vous serez servis, vous en aurez du manque, à commencer par rappeler la faille qu'il y a entre corps et parole. Quelque chose comme une difficulté, comme une impossibilité à parler surgit toujours lorsqu'il s'agit du corps, tout au moins du corps dans certains de ses exercices où il ne peut manquer mais où nous manquons le moment de le saisir dans le discours. Ces moments sont ceux de l'amour et du désir, du sexe et de la mort.

Et c'est à nouveau à Freud que nous allons nous attacher pour suivre pas à pas une démarche qui a été la première et qui reste la seule à avoir tenté de mettre en paroles ce qui jusque-là s'exprimait peut-être, se manifestait sûrement au niveau du corps. Ce que Freud nous invite à suivre, c'est une démarche commencée avec Hippocrate qui avait repéré que l'hystérique veut quelque chose et que ce qu'elle veut c'est être fécondée, qu'elle souffre de ne pas l'être et que cette souffrance se manifeste par la folie. Hippocrate restait attaché aux conceptions selon lesquelles cette folie était liée à des migrations de l'utérus dans le corps. Sans doute était-ce sa manière de s'exprimer, mais il pouvait ainsi souligner qu'une trace, comme les galeries d'une taupe, s'établissait dans le corps à la suite de ces migrations utérines. Cet utérus pouvait se promener partout, notamment jusque dans le cerveau. Et lorsque tout à l'heure je disais qu'une certaine libération de la sexualité menait à faire de cette sexualité une fonction localisée, ce que je dénonçais, c'est justement ce travail de ménage, ce travail de sape fait par le sexe sur l'ensemble des fonctions corporelles. Ce trou, ces fonctions trouées, ce sont toutes des fonctions physiologiques marquées, qu'on le veuille ou non, par leur sexuation, par la présence au moins de la différence sexuelle, je n'ai pas dit de la différence des sexes.

Cette souffrance, cette folie qui naît chez l'hystérique de ne pas être fécondée, m'invite à une petite digression clinique de façon à ce que certains repères puissent être placés qui permettront de s'appuyer sur eux afin d'asseoir ce qui pourrait autrement paraître trop théorique.

La déception de l'hystérique découvrant qu'elle n'est pas fécondée, qu'elle n'est pas pleine, qu'elle n'est pas un corps plein, va se traduire par ce que les psychiatres appellent à tort une dépression. Je dis à tort parce que le terme est l'exemple même de ces mots galvaudés qui ont perdu toute signification et qui n'invitent plus à rechercher un sens, à se poser des questions. Il est advenu au terme de dépression ce qu'il est advenu au terme de conversion somatique : dans le langage psychiatrique ce sont là des termes nuls et non avenus.

Toujours est-il que ces déceptions, nous avons à apprendre à les entendre là où elles se manifestent et tout d'abord dans ce qu'on pourrait appeler la petite tristesse, la petite mauvaise humeur, le coup de cafard prémenstruel. Chacun sait que les femmes souffrent souvent avant les règles de cette dysthymie – pour le dire en grec – qui vient leur rappeler ou leur signifier qu'encore une fois le désir devra renaître, qu'encore une fois le désir ne sera pas comblé, ne sera pas satisfait pendant un certain temps, pendant neuf mois je suppose. Mais c'est reculer pour mieux sauter car les psychiatres savent bien qu'après l'accouchement les gens sont déprimés. Là aussi, il s'agit d'un modèle social parce que ça n'est pas toujours vrai et, s'ils s'avisaient un jour de s'intéresser à ces dépressions, il y aurait lieu d'étudier comment, pour les femmes qui souffrent de cette affliction après un accouchement, fonctionne le nom-du-Père. Car, dans les structures sociales où les codes signifiants n'ont pas été radicalement effacés, il existait des rituels destinés à inscrire d'emblée l'enfant dans une lignée qui le rangeait dans une chaîne préexistante et qui évitait à la mère de faire de cet enfant un objet perdu, alors qu'en fait il s'agit d'un objet donné. Faut-il dire objet ou sujet ? Je laisse la question ouverte ; le sujet n'est pas encore là, mais l'objet-enfant, objet du désir, l'est déjà.

Le terme d'accouchement ne doit pas se borner au

seul sens d'un enfant à naître – d'ailleurs l'usage de la langue l'a compris qui fait de ce terme l'indication de tout devenir, de tout devenir de travail : travail quelconque, intellectuel ou manuel, mais aussi épreuve au sens de l'examen par exemple. On pourrait trouver la même dépression après la joie du travail accompli, quel qu'il soit, même s'il est couronné de succès. Si j'ai choisi l'exemple de l'épreuve d'examen, c'est bien que la dépression vient ici connoter quelque chose de précis, exactement ce à quoi je faisais allusion tout à l'heure en parlant des accouchements : c'est lorsque le fruit du travail est destiné à devenir un produit parmi d'autres, entièrement dépourvu de sens, qu'apparaît la dépression. En effet, les épreuves d'examen qui ont exigé un travail souvent fort long et pénible se résolvent en un diplôme, c'est-à-dire en un certain pouvoir d'achat ou pouvoir d'échange sans aucun rapport avec la matière travaillée, avec la discipline étudiée, sans aucun rapport avec ce qui, dans n'importe quelle discipline, aurait pu fonctionner comme but.

C'est là, dans ce laissé-pour-compte d'un certain travail, dans ce manque qui est le fait qu'on n'a pas usage dans la pratique médicale de nombreuses disciplines dont on nous a gavés, qu'apparaît justement cette sorte d'amertume liée à l'absence d'usage, au temps perdu. Quelque chose va se combler; ce temps perdu, ce manque à être ou à gagner va se remplir par les fantasmes. Lesquels ? Eh bien, très exactement ces fantasmes qui nous ont introduits à cette chaîne de raisonnement, à ces fantasmes repérés par Hippocrate chez l'hystérique, ces fantasmes de ce qui est miné, troué, ces fantasmes de canaux vides à l'intérieur du corps qu'il faut remplir et qui sont à l'origine des fantasmes de grossesse au moins aussi fréquents chez l'homme que chez la femme.

Devant ce discours incomplet, signe de souffrance de l'hystérique, discours troué dont j'ai tenté de vous donner un premier soubassement, Freud a développé une théorie qui est celle du traumatisme, traumatisme sexuel dans lequel il a vu dans un premier temps l'origine de l'hystérie, traumatisme sexuel dont il n'a pas d'emblée osé nommer les acteurs. Chacun sait aujourd'hui que les traumatismes que ses premières hystériques ont décrits à Freud étaient des traumatismes qui venaient de tonton, de papa, des petits mâles de la famille.

Cette théorie du traumatisme, Freud l'a abandonnée – partiellement, car il ne l'abandonnera jamais tout à fait – pour mettre à sa place ce que j'ai nommé tout à l'heure, à savoir le fantasme, autre trou dans le discours. Le fantasme vient, tel un bouchon dans le récit, obturer quelque chose comme tout à l'heure la conversion somatique. Encore une fois, ce fantasme est à traiter différemment du reste du discours. Comment le repérer ? Je ne sais pas si je pourrai vous en donner la recette, mais sa fonction est bien celle que les chirurgiens – une fois n'est pas coutume – ont repérée lorsqu'ils font certaines plasties et je pense aux plasties vaginales – parce qu'il y a des femmes qui naissent sans cet organe. Une des techniques en usage il y a quelques années – je ne suis pas tellement au courant de ce qui se porte actuellement – consistait à aboucher un morceau de boyau dans le périnée. Ça avait l'avantage de supprimer la frigidité, car il suffisait aux bénéficiaires de cette intervention de manger un plat qui leur plaisait pour qu'immédiatement tout le système se mette à sécréter. Bien sûr, il devait sécréter aussi entre autres quelques enzymes gloutons dans lesquels il valait peut-être mieux ne pas mettre les doigts. Le conseil que donnaient les chirurgiens aux jeunes fiancés à qui on venait de pratiquer cette intervention était : « Servez-vous-en tout de suite, parce que sinon ça se ferme. »

Pour le fantasme, c'est pareil, et pour la conversion somatique aussi, servez-vous-en tout de suite, sinon elle se suture. Le fantasme se suture. C'est justement cette aptitude, cette promptitude à la suture, à l'obstruction, que nous avons à lire dans le traumatisme. La théorie du traumatisme n'était pas fausse mais elle méritait un développement qui dépasse les modèles de la psychologie du conscient. Le traumatisme sexuel était décrit comme la scène marquée du sceau du mâle qu'il s'agissait d'enfouir dans une poche nommée inconscient par le mécanisme du refoulement. En fait, ce n'est jamais cela qui est traumatisant, car sinon j'attends encore qu'on m'amène une fillette ou une adolescente qui n'ait jamais été traumatisée. En imaginant même que ce fût possible, cette fillette aurait été élevée dans de telles conditions d'asepsie que la terreur des parents n'aurait pas pu manquer de lui apparaître un jour et aurait ainsi fonctionné comme support de traumatisme beaucoup plus efficacement que n'importe quelle rencontre avec un gamin qui lui aurait brutalement révélé, en même temps que la différence des sexes, son propre désir à lui.

Or, ce qui est traumatisant, ce n'est pas la vue, ni même le contact de telle ou telle partie du corps de l'autre, ce qui est traumatisant, c'est de percevoir chez cet autre une excitation joyeuse sans pouvoir y participer. Ce qui est traumatisant, c'est justement que rien ne soit ressenti consciemment lors d'une situation qui justifierait une excitation sexuelle. Et c'est bien là la définition de l'hystérie par Freud.

Nous aurons à tirer au jour ce qui est ici refoulé et marqué par le retour du refoulé sous forme de symptômes, mais j'estime que pour aujourd'hui j'ai assez travaillé.

7 janvier 1974

2

La coupure

J'ai décidément quelques difficultés à abandonner l'hystérie, et c'est encore d'hystérie que je vous parlerai aujourd'hui et peut-être même la prochaine fois. Car, comme je vous l'ai déjà rappelé, c'est dans l'hystérie que s'ancrent le discours analytique et toute la problématique d'une action possible par la parole ; c'est en cela que l'hystérie nous est précieuse. Nous avons à nous interroger sur ce que peut signifier cette action possible. Bien entendu, que par la parole il soit possible de donner des ordres et que ces ordres, pour peu que celui qui a la parole soit doté du pouvoir, que ces ordres soient exécutés, je pense que ce n'est pas là la seule action que nous visons... sans que pour autant nous la réfutions en tant que modèle possible, car il n'est pas certain du tout qu'une action qui atteint l'autre au niveau de son corps ne puisse pas être soutenue ou renforcée par le pouvoir dont est doté celui qui donne l'ordre. Mais, je vous l'ai dit, la spécificité hystérique est de nous donner à voir, et nous allons y parvenir dans un instant, de nous donner à voir ce qui se passe au niveau du corps ; c'est donc une action sur le corps qui est visée : en un mot, peut-on par la parole commander la jouissance de l'autre ?

Je voudrais que la problématique hystérique reste inscrite, formulée dans ces termes car, même si nous n'avons pas à y souscrire intégralement, ils resteront importants. L'ordre donné, que nous retrouverons dans d'autres formulations, non plus névrotiques cette fois mais perverses, vient s'inscrire, à côté de ce que j'ai appelé la dernière fois la coupure, comme les points cruciaux autour desquels s'articule la question de toute action possible par la parole, de toute action qui ne débouche pas obligatoirement sur la mort.

Je voudrais aujourd'hui approfondir un peu ce que depuis quelques années je vous ai rabâché concernant les symptômes hystériques. Ces nouvelles considérations sur les symptômes hystériques partiront de cette affirmation qu'ils naissent de la coupure qu'ils reproduisent. L'origine de cette coupure, vous la connaissez, c'est la coupure qui apparaît dès le stade du miroir entre le sujet et son image. Le sujet tente de se saisir dans cette image et de fusionner avec elle, ce qui n'est pas possible puisqu'il y a la séparation de la vitre, de la glace très exactement. Cette impossibilité de fondre le corps et l'image, cette situation en porte à faux qui nous amène à nous saisir en tant qu'ensemble, en dehors de nous-même, cette impossibilité de récupération de l'image fournit l'un des exemples les plus palpables de ce qu'est la coupure qui chemine tout au long dans l'hystérie. Cette coupure entre le corps et son image au miroir est une variante de la coupure entre le corps et la parole à laquelle j'ai fait allusion l'autre jour. La coupure imaginaire entre le corps et son image spéculaire, image au miroir, est une variante de celle qui existe entre le corps et la parole, cette coupure qu'il y a à la limite à franchir pour la parole pour qu'elle véhicule quelque chose qui touche le corps. L'image dont il est question dans l'image spéculaire vient à la place d'un certain type de parole, très exactement à la place de la parole circulante, qui circule comme une marchandise. Il ne s'agit pas, dans cette parole-là, de communication où l'on pourrait entendre mise en commun, partage au sens du terme allemand *Mitteilung*. Dans cette parole circulante il y a transmission, déplacement, exactement comme l'image qui circule sous la forme d'une photographie. Cette photographie dont on connaît le rôle dans un certain métabolisme amoureux n'est pas une mise en commun mais une distribution, de même qu'une certaine parole qui se distribue – et c'est intentionnellement que j'utilise un terme qui relève des postes et télécommunications. Certes, il y a dans la parole autre chose que la distribution; la communication existe, mais nous verrons par la suite qu'il existe une troisième fonction de la parole. Cette troisième fonction que l'on ne peut ni enseigner ni décrire, c'est justement la parole créatrice, la parole poétique au sens fort du terme. Il est probable qu'il faille d'abord dégager la parole de sa dimension de distribution, de sa fonction plutôt polyphonique, comme on parle d'une polycopie, parole destinée à être mise dans toutes les oreilles avant qu'il puisse s'agir d'une parole incarnée et d'une parole créatrice.

Cette coupure entre corps et image, entre corps et parole, c'est celle que l'hystérique va nous démontrer d'un bout à l'autre. Cette coupure donne naissance aux symptômes hystériques classiques. Une fois posée cette formulation de la sémiologie hystérique – je parle du symptôme classique –, le symptôme hystérique devrait perdre une grande partie de son mystère.

Vous savez en effet que, depuis Freud, tous les analystes reconnaissent la difficulté qu'il y a à interpréter un symptôme hystérique. Ce symptôme, qui est au départ de la psychanalyse et dont l'élucidation semble tellement lumineuse dans les textes freudiens, continue cependant à poser les problèmes les plus difficiles à l'analyste, parfaitement comparables à la difficulté qu'il y a à lever une phobie ou une obsession. Le symptôme hystérique semble avoir pendant longtemps échappé aux analystes post-freudiens parce qu'ils y cherchaient un sens spécifique, portés par l'illusion que celui-ci donnerait la clé du sujet névrosé. Or, il en va de l'interprétation du symptôme comme de l'apprentissage de la langue. Avant que le sens du symptôme puisse être restitué au sujet, il faut que ce sujet se soit dégagé de l'usage dévoyé de la langue, il faut que, pour lui, la parole ait retrouvé sa dimension créatrice pour qu'à partir de cette dimension un sens authentique, un sens spécifique, subjectif, puisse lui être restitué. Aussi longtemps qu'on a cherché à dire, parce qu'on a cru que Freud avait fait ainsi, que tel symptôme hystérique signifiait telle chose parce qu'à tel moment il s'était passé un événement, on se condamnait à entendre, dans certaines interprétations notamment, le propre fantasme de l'analyste et on s'interdisait d'entendre ce que le sujet voulait dire. Car ce qu'il voulait dire avant que l'interprétation fût possible était tout aussi intolérable à l'analyste qu'au sujet lui-même. Ce qu'il voulait faire entendre avant tout, c'était cette coupure et la douleur de cette coupure qui, dans les cas qui coûtaient le moins cher au sujet, pouvaient se solder par une coupure au niveau de la peau, par une coupure chirurgicale.

Essayons maintenant de reprendre quelques-uns des symptômes classiques – je ne parle pas pour l'instant des symptômes psychiques mais des symptômes dits somatiques de l'hystérie – en commençant par la crise, qui est le symptôme classique par excellence et dont à ma connaissance on n'a pas encore cherché à montrer d'un point de vue historique combien elle était liée aux conceptions de l'époque. Les quelques indications données par les élèves de Charcot sont largement insuffisantes pour soutenir que la crise hystérique, qui aujourd'hui se fait rare, était conditionnée par ce qui se passait dans la société et non pas dans la médecine. C'est parce que justement on a voulu limiter la crise hystérique à la médecine, qu'on a voulu en faire l'image, la pathomimie, comme on disait alors, d'une crise épileptique, qu'on méconnaît le plus souvent sa dimension sociogène, inspirée par ce qui se passait dans la société. Peut-être serait-il possible de dégager des correspondances de la crise en la prenant pour ce qu'elle est, à savoir ce que j'ai cité tout à l'heure : un « donner à voir », un spectacle, une représentation. Ce n'est en effet pas sur le théâtre ou sur la scène de la médecine que j'irais chercher mes références, s'il fallait en chercher, mais sur la scène théâtrale. La crise est une tentative de s'identifier à l'image, à une image visible, représentable, une tentative de trouver dans l'œil du spectateur une confirmation de l'identification réussie entre l'image de la femme en proie à une crise, orgasmique bien sûr, et le sujet qui la re-présente. Cette re-présentation pouvant anticiper, et de loin, toute « première » au sens théâtral, toute première représentation. Je ne sais pas si vous êtes suffisamment accoutumés au théâtre pour avoir entendu ce qu'il y a de mensonger dans le terme de première, c'est pourquoi d'ailleurs les théâtres se gardent bien de dire qu'il s'agit d'une première re-présentation. Ils disent une première, cette première qui seule mériterait le nom de présentation et pourquoi pas de présentification, si le terme n'était pas trop pompier.

La crise hystérique, en effet, a ceci de particulier qu'elle ne survient jamais sans spectateurs. Tous les médecins vont me dire : « Ce n'est pas vrai ; il y a des hystériques qui font des crises toutes seules, la preuve, c'est qu'elles viennent le raconter. » Je marchanderai, en effet, le spectateur pour l'auditeur, pourquoi pas ; en tout cas, s'il n'y avait pas de spectateur ou d'auditeur, on n'aurait jamais su qu'il y avait des crises hystériques, pas plus qu'on aurait su qu'il y avait des rêves si on ne les avait pas racontés. Seulement, la différence entre le symptôme hystérique sous forme de crise et le rêve, c'est que, dans la crise hystérique, il est bien difficile de camoufler le spectateur et sa fonction, alors que dans le rêve cette fonction, bien qu'existant et fonctionnant à plein rendement dans chaque rêve, est soigneusement escamotée. Le spectateur ou l'auditeur du rêve n'est pas seulement et pas nécessairement le copain ou l'analyste à qui on va en parler mais, beaucoup plus radicalement, celui pour qui ce rêve est rêvé, celui ou celle qui rend les rêves nécessaires. Et parce qu'ils ne fournissent pas, eux, de satisfaction analogue, on a besoin de compléter par le rêve ce qui nous apparaît comme incomplet chez l'autre.

Je voulais vous montrer la fonction de l'image et ce n'est pas par hasard qu'après la crise j'aboutis au rêve. La crise n'est pas autre chose qu'un rêve matérialisé, un rêve incarné avec toute sa fonction où se lient le sujet et l'objet par un lien polymorphe. Dans la crise, le spectateur est aussi indispensable que l'acteur, alors que dans le rêve on croit que l'un ou l'autre peuvent être oubliés ; bien malin qui dira si c'est le spectateur ou l'acteur qui manque dans le rêve.

Mais venons-en aux autres symptômes de l'hystérie infiniment plus importants et plus parlants. La crise, en effet, peut être entendue comme un cri, alors que les autres symptômes, les symptômes permanents de l'hystérie nous mettent sous les yeux quelque chose de bien plus difficile à entendre mais qui, une fois saisi, nous laisse un peu pantelants devant la découverte faite. Ce sont les symptômes découpés. Il suffit d'ouvrir n'importe quel livre de neuropsychiatrie pour y trouver les termes sous lesquels on a décrit les symptômes hystériques : symptômes sensoriels, symptômes moteurs. On y parle de l'anesthésie en doigt de gant, en mitaine, en manchette, en chaussette, je ne sais pas comment continue la série des différentes hauteurs où s'arrêtent les habits dont on revêt les mains ou les pieds. En tout cas, il s'agit chaque fois, et c'est ce qui a le plus choqué les premiers neuro-anatomologues, entomologues pourquoi pas, qui se sont penchés sur la question, d'un découpage des symptômes hystériques qui n'avait aucun rapport avec la distribution nerveuse, pas plus qu'avec cet élément dont le nom me plonge toujours dans la joie, cet élément que les zoologistes ont appelé des métamères, mets ta mère on ne sait pas où..., et pourtant ça a été le dernier espoir auquel se sont raccrochés les scientifiques. Même eux, ces métamères, qui se retrouvent chez l'asticot, le lombric et autres vertébrés supérieurs, ne donnaient pas d'explication satisfaisante de la topographie des lésions hystériques.

En revanche, il y en a une avec laquelle on s'est bien

gardé de faire le rapprochement. En effet, qu'est-ce qui donne la meilleure image du symptôme hystérique, la meilleure image de l'anesthésie en manchette, en chaussette, en mitaine, en doigt de gant, en tout ce que vous voudrez, quelle meilleure image que l'amputation chirurgicale ? Ce n'est qu'à cette image-là que répondent les symptômes hystériques. Il s'agit d'un découpage selon une image du corps ou plutôt selon un corps imaginaire coupé au couteau. Tels sont les symptômes hystériques. Or, quand ces symptômes hystériques, dans lesquels on peut, avec un tout petit peu d'imagination, et l'imagination médico-chirurgicale y suffit, lire « à découper selon le pointillé », tombent dans l'oreille de quelqu'un qui ne regarde pas, le mal n'est pas très grand.

C'est pour cela que le psychanalyste s'interdit de regarder ce que le client sur le divan voudrait bien lui montrer, c'est pour cela qu'il l'écoute. Mais il n'y a pas que des psychanalystes sur terre. Je ne sais pas si c'est un bien ou un mal. Mais imaginons quelqu'un de, faut-il dire moins pervers, moins impuissant que le psychanalyste, quelqu'un qui porte toute sa virilité à la pointe du bistouri, à ce moment-là, le « à découper selon le pointillé » prend une tout autre signification. Imaginons simplement qu'on prenne au pied de la lettre ce que hurle le symptôme hystérique, eh bien, on coupe ! Il y aurait beaucoup à dire sur les rencontres entre l'hystérique et le chirurgien ; et s'il est un lieu où se construisent ce que j'ai appelé les maladies « iatrogènes », c'est tout d'abord dans cette rencontre où, une fois encore, l'hystérie nous entraîne dans la découverte, dans l'exploration d'un champ de peau.

Ces jours-ci, un ami m'écrivait pour me dire que le

terme de maladie iatrogène était fort mal construit puisque, comme il l'argumentait fort justement, maladie iatrogène signifie non pas maladie engendrée par les médecins, mais maladie qui engendre les médecins. Comme si j'avais jamais rien dit d'autre ! En effet, c'est grâce à cette maladie iatrogène, c'est-à-dire qui engendre les médecins, que les médecins peuvent continuer à pulluler comme ils le font, à reproduire leur ignorance et à survivre parce qu'il y a des malades qui les fabriquent ! C'est bien une situation exemplaire où la fonction, à savoir ici la maladie, crée l'organe et le médecin.

Mais il n'y a pas que ces « symptômes à découper », l'hystérique en présente bien d'autres et l'on sait bien, notamment depuis Dora, que l'hystérique se manifeste par de petites toux et d'autres symptômes qui se promènent au niveau du larynx, du pharynx, du carrefour et de quelques autres organes importants, thyroïde comprise, qui se trouvent dans le cervix, dans le cou. Or, qu'est-ce que le cou, sinon le lieu à découper selon le pointillé pour détacher la tête du corps ? Souvenez-vous de ce qu'on a appelé la Terreur. Je n'ai pas dit qu'on n'avait guillotiné que des hystériques ni que le Docteur Guillotin était hystérique, mais enfin, ils étaient faits pour s'entendre. La boule hystérique est connue de quiconque a un jour écouté un malade dans une consultation psychiatrique. Sur trois malades, il y en a au moins deux qui se plaignent d'une sensation de constriction laryngée, d'une boule qui monte et qui descend. La boule hystérique, c'est cette sensation de goulot de bouteille et c'est cela la coupure du flux d'air, du flux de la phonation.

Vous savez qu'il y a un autre symptôme cervical qui m'est cher, en relation avec le cou, c'est le timbre de voix de l'hystérique qui coupe les harmoniques au niveau de la tête et qui se prive de toute la sonorité liée à la cage thoracique et même, pourquoi pas, à l'abdomen par le biais du diaphragme. L'hystérique se coupe de ces harmoniques pour limiter sa voix à la voix de tête, pour mettre en action ce que je rappelais au début, à savoir : ne rien entraîner dans sa voix et, partant, dans sa parole qui soit marqué par le corps.

Un dernier symptôme créé par cette coupure hystérique : les maux de tête, qui sont le déplacement, la *Verschiebung*, au niveau de la tête de toutes les douleurs et de toutes les souffrances de l'hystérique, souffrances déjà désignées par Galien, comme la douleur de n'être pas fécondée. Et souvent, dans une analyse où les maux de tête sont importants, il s'avère qu'ils sont des substituts de grossesse et la chose est tellement vraie qu'il suffit de revoir ces hystériques migraineuses au cours de leur grossesse pour s'apercevoir que les migraines et autres maux de tête ont à ce moment-là disparu. Les anciens médecins ne s'y trompaient pas tellement lorsqu'ils conseillaient des enfants thérapeutiques, mais évidemment c'est une thérapeutique limitée dans le temps et qui s'arrête forcément à la ménopause. Mais vous savez aussi que la nature fait bien les choses ; elle se fait la complice des médecins, car plus les grossesses sont fréquentes, plus la ménopause est tardive.

Ce modèle fourni par le symptôme hystérique, n'allez surtout pas imaginer qu'il s'agit d'un modèle emprunté à la nature. Vous pouvez toujours chercher dans la bonne mère nature quelque chose qui corresponde au découpage hystérique des symptômes. Bien sûr, vous pouvez me répondre : les tronçons de roseau, de bambou... C'est une analogie que même Lorenz n'a pas osé faire. Autrement, il y a des annélides, ces petits bestiaux qu'on peut couper en tranches et où chaque tranche se reproduit. Faut-il franchir le pas et y voir la première inscription du modèle hystérique qui deviendrait alors la tentation de la reproduction par découpage en tranches ? Vous pouvez d'ailleurs faire l'expérience, prendre un morceau d'hystérique, le découper selon le pointillé, et puis voir si ça se reproduit dans les solutions appropriées... Finalement, dans *Le Meilleur des mondes*[1], c'est à peu près ainsi que cela se passe. Mais autrement, je ne crois guère à cette analogie entre le symptôme hystérique et un modèle naturel quelconque. Je suis bien entendu prêt à discuter les exemples que vous pouvez me fournir. Si j'insiste sur le peu de naturel ou de nature qu'il y a dans le symptôme hystérique, c'est pour passer à un autre domaine que j'attribue peut-être à tort, partialement ou partiellement, à la sémiologie hystérique. Nous verrons en effet que ce domaine constitue une des transitions entre l'hystérie et ce qui nous intéressera par la suite, à savoir la perversion.

Ce domaine est celui du maquillage. Le maquillage tire lui aussi sa puissance, son effet, son efficience, de la constitution d'une découpe, d'un découpage. Il ne s'agit pas ici seulement du maquillage de bon ton qui est aussi dévalorisé, aussi éculé que l'est la parole usuelle, il s'agit du maquillage présenté, renouvelé un certain nombre de fois chaque jour. Calculez, et ça intéresserait peut-être les sociologues du travail : une femme qui se maquille y passe environ 730 heures par an. Vous voyez tout le rendement qu'on pourrait obte-

1. Huxley A. (1932) *Le Meilleur des mondes*, Plon, Presspocket, 1938.

nir d'un meilleur usage du maquillage ! Le maquillage prend toute sa valeur d'être cerné, souligné par un graphisme découpant. Il vient au niveau de la peau – donc au niveau de ce que l'individu a de plus exposé, au niveau de ce que le sujet peut y laisser, par exemple dans la rencontre avec le chirurgien, y laisser sa peau – renouveler le symptôme hystérique. Et, non content de se dessiner, de se découper, de se tatouer au niveau de la peau, il – non pas se redouble – mais se triple par d'autres éléments cernants, d'autres éléments découpants qui sont les bijoux creux.

On peut se demander si on ne pourrait pas classer les bijoux selon qu'ils sont creux ou pleins. L'idéal du bijou, l'idéal bourgeois du bijou, bien sûr, c'est le solitaire : un vrai plaisir, ce solitaire ! Plus il est gros, plus il fait jouir. Ce n'est pas un bijou creux, mais un bijou plein porté le plus souvent par la femme comme un trophée, qui représente en effet ce qu'en vénerie on appelle un massacre. C'est la dépouille de l'homme conquis, des hommes conquis, il n'y a aucune raison de s'en tenir à un seul quand on a commencé la chasse. Ce trophée est donc le bijou phallique, mais ce n'est pas celui-là qui m'intéresse, car finalement sa valeur érotique est relativement limitée. Ce n'est que dans le sens de l'amortissement d'une dépense qu'un solitaire peut exciter un homme. Par contre, les autres formes de bijoux, les bijoux creux, qui ne sont pas sans rapport d'ailleurs avec la bande de Moebius, viennent rappeler une fois de plus ce qu'est le découpage hystérique. Le bijou creux, c'est le bracelet, le collier, la bague. Et pourquoi se limiter de façon radine à ces endroits relativement étroits où il faut assez peu d'or ou de pierreries pour constituer le bijou ? Je peux prédire que le temps viendra où la ceinture en orfèvrerie, portée à même le corps, aura un effet tout aussi stimulant que ces autres bijoux découpants. Ceinture ! Bien sûr, nous aurons à voir que ces découpes prennent toujours leur signification dans le fétichisme. Mais, pour l'instant, limitons-nous à leur fonction dans l'hystérie.

Une hystérique dépourvue de bijoux est simplement une hystérique qui fait semblant de ne pas être hystérique, c'est tout ce qu'elle peut faire. Mais ce n'est pas chez l'hystérique traditionnelle que j'irai chercher mes exemples du sens de la bijouterie. C'est, au contraire, chez les saints hommes ou les hommes saints – écrivez s.a.i.n.t. ou c.e.i.n.t., comme vous préférez – qui, dans toutes les religions, portent à certains moments de leurs prières quotidiennes ou de leurs activités une ceinture de façon à séparer le bas du haut, la bête de l'ange, le vil du noble, sans se rendre compte que cette ceinture, si elle évite aux pensées mauvaises qui viennent du bas de monter vers le haut, évitera aussi aux pensées, qui comme chacun sait sont plus légères que l'air, de descendre vers le bas. Ce qui fait que chaque moitié du corps poursuit sa vie autonome pour la plus grande satisfaction de celui qui, une fois coupé en deux, a bien du mal à continuer à s'appeler un individu, un indivisible.

Certes, j'emprunte la coupure constituée par la ceinture à un film qui m'a beaucoup amusé, dans lequel apparaissait Mireille Darc avec une robe très décente devant et pas de robe derrière. L'invention n'a d'ailleurs strictement rien de récent. Ceux qui ont un minimum de culture théâtrale se seront souvenu que l'artifice a été inventé aux environs de 1919 par Mistinguett. Cette charmante personne apparaissait donc le dos nu et habillée uniquement d'une petite ceinture dorée, simple bijou. Ce que j'appelle ceinture, c'était le bracelet de ventre qu'elle portait et dont la fonction érotique était indiscutable, à entendre les cris de joie de l'assistance lorsque apparaissait sur l'écran la ceinture et ensuite l'amorce de la raie des fesses qu'elle indiquait. On peut se demander si ce n'est pas un déplacement ou un remplacement de cette fente hautement érotisée par le commerce ou bien si cette coupure a une valeur érotique en soi. Il est trop tôt pour donner la réponse, nous y viendrons progressivement lorsque nous remettrons à sa place ce que j'ai évoqué tout à l'heure au moment de la crise hystérique, à savoir le spectateur.

Je dis bien ici le spectateur, car vous pouvez toujours essayer de la faire parler, cette ceinture de chasteté, ou d'en parler, cela n'a absolument pas le même effet que de la voir, car c'est par le « voir » que passe le désir. Nous serons au cœur de la perversion lorsque nous commencerons à entendre quelque chose que j'appelle l'œil désirant. Je ne sais pas si nous y arriverons cette année, mais je vous le pointerai au passage chaque fois que ce sera nécessaire. Il y a là un passage au visible, un passage au voir ou par le voir qui est très probablement la médiation entre la pulsion et le discours, entre la pulsion et le dire. Et ce n'est pas par hasard qu'un texte mythologique comme la Bible tire sa puissance, qui s'atteste aujourd'hui encore, de l'interdit de voir, de l'interdit de la représentation. Car si le voir peut servir de médiation entre la pulsion et le discours, il se fait le plus souvent le mur devant lequel s'arrête la pulsion, dans lequel elle se fige. Le thème du mur dans les rêves vient indiquer ce qu'il y a à franchir pour passer à « l'entendre », et l'on sait combien ce franchissement est difficile. Car tout ce que je vous ai raconté concernant le symptôme hystérique, le découpage, le maquillage, les bijoux – sauf au moment où je vous ai parlé du chirurgien –, tous ces symptômes, toute cette sémiologie, qui peut se résumer dans le terme de mécanismes de la beauté, ont pour fonction de cacher ce qu'il y a derrière la beauté.

Demandez à un chirurgien ce qu'il en est de cette beauté une fois qu'on l'a endormie et qu'on lui a ouvert le ventre. Ce qui apparaît derrière la peau une fois celle-ci enlevée, coupée, découpée, ouverte, c'est ce qui pend dans le coin droit de toutes les classes d'école primaire et qu'on appelait autrefois l'écorché d'Auzoux, du nom de celui qui avait fabriqué un écorché. Ce qu'il y a derrière la peau, ce que cache le symptôme hystérique, ce que camoufle toute la représentation, toute la mise en scène hystérique, c'est le cadavre.

Le sens du découpage hystérique est un sens propitiatoire : « Je veux bien livrer une partie de mon corps pour éviter cette horreur maximale qu'est le cadavre. » Et à partir de là se font quelques observations qui ne sont pas des plus réjouissantes, qu'on se garde bien d'enseigner : c'est que, lorsque l'hystérique a pu trouver son cadavre, c'est-à-dire lorsque l'hystérique a tué, elle peut guérir.

14 janvier 1974

[illegible] comprendre [illegible]
[illegible]
[illegible]
dans [illegible]
[illegible]

Cependant [illegible]
[illegible]
[illegible]
[illegible]
[illegible]
[illegible]
[illegible]
[illegible]
[illegible]

Il y a [illegible]
[illegible]
[illegible]
[illegible]
[illegible]
[illegible]
[illegible]
[illegible]

3

2 janvier 1938 : la *Spaltung*

$$\textit{Spaltung} = \frac{\textit{Triebanspruch (sollicitation pulsionnelle)}}{\textit{Realitätseinspruch (restriction « réaliste »)}}$$

Je vous ai noté le point central où je voudrais vous mener aujourd'hui et que Freud appelait la métapsychologie. À partir de ce point il devrait devenir possible de mieux répartir les fonctions auxquelles nous avons à faire, aussi bien dans la névrose que dans la perversion. Nous pouvons considérer cette formule de la *Spaltung* comme l'un des derniers messages freudiens. Le texte dont elle est issue, à savoir *« Die Ichspaltung im Abwehrvorgang »* [1], « La refente du Moi dans les mécanismes de défense », texte resté incomplet, est probablement le résumé de la pensée psychanalytique à la fin du travail freudien. Elle nous servira d'articulation pour le passage d'une part de la névrose à la perversion et, d'autre part, à une articulation plus large qui d'ailleurs est contenue dans le texte freudien mais n'a jamais été exploitée, du moins pas suffisamment.

1. Freud S. (1939) *« Die Ichspaltung im Abwehrvorgang »*, *G. W.* XVII, S. Fischer Verlag ; « Le clivage du moi dans le processus de défense », trad. R. Lewinter et J. B. Pontalis, *Nouvelle Revue de psychanalyse*, 1970, 2, p. 25-28.

Nous avons déjà abordé la *Spaltung* sans la nommer, là où elle est cliniquement perceptible, c'est-à-dire au niveau de la coupure. En résumé, cette coupure vient découper sur le corps de l'hystérique des segments, des organes, des organes imaginaires ou imaginés, vient marquer en quelque sorte le sacrifice que l'hystérique est prête à faire pour acquérir ce qu'elle recherche, à savoir la perfection. Le sacrifice du symptôme, de même que nous verrons plus tard le sacrifice du plaisir sexuel, est un sacrifice peut-être propitiatoire. Mais peut-on subdiviser les sacrifices selon leur attribution ? Je ne sais pas s'il est possible de distinguer propitiatoire et expiatoire, chacun de ces sacrifices impliquant une partie de l'autre, car la temporalité mise en jeu, où se mêlent le passé et le futur, est largement inconsciente. L'hystérique est prête à sacrifier, à voir détacher d'elle ce qui la rendait imparfaite. Cela implique qu'elle avait jusque-là quelque chose en trop, qu'elle était plus que complète, plus que parfaite. Il suffit d'entendre ce qui se dit chez ceux qu'on appelle les patients, les malades ou les analysants, selon l'optique dans laquelle on se place, pour que cette imperfection par excès saute aux oreilles.

Je me contenterai de vous en apporter un exemple recueilli cette semaine – les choses viennent toujours au moment où on les attend à condition d'être prêt à les accueillir. Quelqu'un définissait l'organe génital de la femme de la façon suivante : « C'est l'endroit où il n'y a pas quelque chose. » Cette formulation est évidemment comme tout discours – pas seulement comme tout discours névrotique ou pervers – un discours incomplet. Le rôle de celui qui se veut écoutant ou entendant, en tout cas analyste, est de compléter ce discours pour le restituer dans sa totalité à celui qui l'émet. La phrase « C'est l'endroit où il n'y a pas quelque chose » est une phrase à compléter. Il est évident que cette formulation doit s'entendre de la façon suivante : « C'est l'endroit où il n'y a pas quelque chose à enlever. » À partir de cette phrase reconstituée, vous pouvez d'abord retrouver tout ce que je vous ai dit de l'inconscient et du refoulement. Le morceau de phrase ainsi restitué, le « à enlever » n'est pas quelque chose qui avait à un moment donné été refoulé parce que insupportable, intolérable, indécent, mais quelque chose qui se crée au moment même où la possibilité survient de l'exprimer, au moment où il devient possible de compléter la phrase du sujet.

Ce « quelque chose en trop » est « quelque chose en trop pour être femme », à plus forte raison donc pour être homme. Mais l'hystérique, elle, ne sait pas si son imperfection est une imperfection par excès ou par défaut. Elle ne le sait pas, d'où sa recherche de modèle. Pour l'hystérique, le modèle qui vient fonctionner le plus habituellement est un modèle de femme. Tous ceux qui ont entrepris de travailler avec des hystériques savent qu'à un moment donné la femme, sous forme de la femme célèbre, la femme qui fait parler d'elle, la femme notoire, survient dans le discours de l'hystérique et que l'attachement de l'hystérique pour elle ne tient compte d'aucun sens ou, plus exactement, d'aucune signification possible, de la présence ou de l'existence de cette femme. Pour l'hystérique, elle n'est pas autre chose qu'une image en miroir qui ne serait pas imparfaite, et je dis bien ici, non pas incomplète, mais imparfaite, puisque j'ai déjà fait une allusion à ce que l'imperfection peut être une imperfection par excès.

Cette identification à une femme choisie comme modèle, nous la saisirons, bien sûr, dans ce que la société propose comme rôle spécifique à la femme ou aux femmes. Cela nous mène à des choses parfois assez drôles, lorsqu'on choisit comme modèle une femme célèbre d'âge plus que mûr et qu'il s'agit – je ne nommerai personne, que ce soit dans la littérature, la politique, les arts, on trouve nombre de femmes célèbres – d'imiter ses exploits érotiques. Ne croyez pas que cette recherche du modèle se borne aux femmes ; je profite de l'occasion qui m'est donnée pour rappeler que, lorsque les étudiants de l'Amicale de médecine font venir un psychanalyste, c'est une femme qu'ils choisissent. Ce n'est pas du tout pour autant qu'ils ont mal choisi, je veux simplement souligner que la femme ne sert pas seulement de modèle aux femmes – je ne dis pas seulement aux femmes hystériques ; que les femmes hystériques fassent de ce modèle un certain usage est une chose, que la nécessité ou la fonction du modèle soit générale en est une autre ; elles peuvent également servir de modèle aux hommes.

Pourquoi ce souci de perfection chez l'hystérique, souci qui sera toujours insatisfaisant aussi longtemps qu'on le limitera aux performances intellectuelles, philosophiques, créatrices même, de cette femme choisie pour modèle ? La véritable recherche, et c'est pourquoi j'ai insisté sur la dimension de l'image, est une identification au niveau du corps. Le souci de perfection est un souci de perfection corporelle, physique, et ce corps parfait n'est évidemment pas destiné à la seule consommation contemplative ; ce modèle parfait est destiné à être donné sous forme de don – c'est un terme cher à l'hystérique : elle se donne. Ce corps parfait est destiné à être donné à quelqu'un que l'hystérique va désigner comme un maître. Il s'agit, bien sûr, d'un fantasme, car le maître choisi ne sera jamais assez maître, nous verrons tout à l'heure pourquoi. Cette maîtrise, c'est tout d'abord l'hystérique qui la confère à celui qui a été choisi par elle. Quelqu'un, un homme, est institué comme maître et l'hystérique prétend lui offrir la possibilité de l'amour parfait.

Il y a belle lurette que l'on connaît en clinique psychiatrique le goût des hystériques pour les maîtres en tous genres, qu'ils soient prêtres, médecins ou, pourquoi pas, porteurs d'uniforme. La maîtrise est en effet quelque chose qui a tout à apprendre de l'éthologie et l'éthologie animale nous rappelle que, dans la nature qui nous est chère, c'est le mâle, du moins pour les espèces supérieures – je ne sais pas s'il faut y mettre l'*homo sapiens* – qui se pare des plus brillantes couleurs, des plus brillants atours pour ressembler soit à un sous-préfet, soit à un académicien, soit à un général ou un amiral, pourquoi pas ? Les animaux ressemblent ou tentent de ressembler à nos personnages empanachés, à moins qu'il ne faille inverser le raisonnement ! Si les plumes d'autruche sont destinées à parer le postérieur des danseuses de music-hall, le casoar en revanche trouve sa place sur le chef des chefs, sur le chef des maîtres choisis justement parce qu'on est sûr avec eux d'une chose, c'est d'être toujours déçus.

Qui, après ça, est le maître ? Est-ce celui que désignerait une impossible reconnaissance ou bien celui qui se désigne nommément comme maître ? Oser dire : « Je suis le maître » remplace largement n'importe quel panache, n'importe quel uniforme ; il suffit de voir avec quel plaisir les huissiers et les spadassins se donnent du

« maître » ! Qu'y a-t-il à entendre dans cette maîtrise, maîtrise à jouir, jouir plus, mieux, plus souvent ? Tentez de saisir la jouissance dans ses éléments mesurables, comptables, et il s'opère un glissement qui fait qu'on n'est plus en présence d'une jouissance sexuelle – d'ailleurs fort mal définie – mais qu'on a affaire à un produit de consommation, le tout mesuré non pas à l'étalon-or mais à l'étalon phallique. Nous restons toujours dans le fantasme du maître à qui il s'agit d'offrir un corps parfait pour qu'il en tire une jouissance parfaite.

Et à partir de là, l'hystérique attendra que se rabatte sur elle-même cette jouissance parfaite. Mais ce rabattement mythique d'une jouissance parfaite – entendez totale –, c'est évidemment ce qui va lui manquer. Car si l'offrande ou, plus exactement, le don est accepté par le maître qui n'y voit en général pas malice, ça marche très bien pour lui, mais ça ne marche pas pour l'hystérique qui en attend la restitution, le retour interprété. L'hystérique a tout ce qu'il faut pour se constituer comme objet de l'autre, mais ça ne la fait pas jouir. Être l'objet de quelqu'un, c'est quelque chose qui peut être souhaitable de loin, mais lorsque la chose menace de se réaliser, on assiste à la fuite. Or, il n'y a qu'une sorte d'objet ainsi que l'a souligné Lacan en le désignant comme l'objet « petit *a* », c'est l'objet qui se détache du corps pour tomber comme immondice.

Cette découverte que la jouissance de l'autre ne la fait pas jouir, elle, l'hystérique, c'est ce qui va nous amener à toucher du doigt la *Spaltung*, la refente. Pour parler à un niveau plus sentimental, c'est le cœur qui se fend. Cela peut avoir des conséquences au niveau de la personnalité psychique. Mais cette fente peut aussi s'incarner dans ce qu'on a appelé la psychosomatique. Le cœur qui se fend peut fort bien réaliser cette fente dans le réel et ceux qui ont quelques souvenirs d'anatomie pathologique sauront que les séquelles d'infarctus se traduisent parfois par une fissure virtuelle, mais parfaitement réelle, au niveau du muscle cardiaque.

Spaltung. C'est le 2 janvier 1938 que Freud écrit ceci :

> *« Ich befinde mich einen Moment lang in der interessanten Lage nicht zu wissen o b das was ich mitteilen will alls längst bekannt und selbstverständlich oder als völlig neu und befremdend verwertet werden soll*[1]*. »*
> « Je me trouve pour un instant dans la situation intéressante de ne pas savoir si ce que je veux communiquer est connu de longue date et va de soi, ou bien si cette communication apparaîtra comme entièrement nouvelle, voire inquiétante. »

Freud va décrire la *Spaltung* à partir d'un exemple, après avoir souligné sur le plan théorique que cette *Spaltung*, que cette fission, est ce qui vient séparer dans la structure de la personne les *Triebansprüche*, les sollicitations pulsionnelles, des *Realitätseinsprüche*, des restrictions par la réalité. Vous verrez tout de suite pourquoi j'ai traduit cela par les restrictions « réalistes ». L'exemple qu'il donne est apparemment un exemple parfaitement banal de l'observation quotidienne, du moins à son époque. Il s'agit d'un petit garçon dont Freud dit qu'il a été victime d'une séduction

1. Freud S., *op. cit.*, note 1, p. 35.

par une fillette plus âgée que lui. Je vous laisse dans le vague sur ce qu'a pu être cette séduction, la suite du texte donnant à penser qu'il s'est agi d'une initiation sexuelle jugée prématurée par Freud. Toujours est-il qu'après cette séduction, le petit garçon semble avoir emporté de bons souvenirs de cette scène ou de ces scènes et, comme on dit vulgairement, depuis lors il se masturbe paillardement, jusqu'au jour où la gouvernante – on connaît le rôle des gouvernantes chez Freud – s'aperçoit de ses jeux masturbatoires et les lui interdit. Mais, comme cela est toujours le cas, une interdiction ne suffit pas, du moins c'est ce que pensent les gens pour qui la parole n'a plus de poids ni de prise et ils sont légion. Ils assortissent leurs interdictions ou leurs commandements de menaces : « Si tu ne cesses pas, papa va venir te la couper. » C'est à ce moment-là que naît le traumatisme.

Que se passe-t-il ? Jusqu'à présent, le garçonnet n'avait aucune idée d'une réalisation possible de cette émasculation, car il n'y a pas d'inconscient collectif qui transmette cette image et rien dans la phylogenèse ne vient le justifier – vous savez que Freud s'y référait souvent. Seulement, à ce moment-là, le garçon rapproche la menace qui vient d'être formulée de ce qu'il a pu constater et la séduction dont il a été « victime » devient traumatisante car il découvre qu'en effet ce qui l'avait séduit, c'était l'endroit « où il n'y avait pas quelque chose ». On pourrait continuer le petit jeu de l'interprétation, ici purement fictif, en ajoutant comme tout à l'heure : « L'endroit où il n'y a pas quelque chose à enlever », mais là nous avions affaire à une interprétation située dans la réalité. Mais si nous continuons maintenant dans la fiction, nous pouvons prolonger la phrase : « L'endroit où il n'y a pas quelque chose à enlever, parce que cela a déjà été fait. »

C'est là, dans ce mensonge, que vient se créer une incarnation de la menace qui ne peut que pousser l'enfant dans deux voies, ou bien la voie du rejet du désir, ou bien la voie du déni. Le déni, c'est-à-dire la *Verleugnung*, va être soutenu, supporté par l'introduction de l'objet pervers par excellence, à savoir le fétiche. Vous voyez que cette *Spaltung* entre les *Triebansprüche*, les sollicitations pulsionnelles, qui paraissent claires, et les restrictions « réalistes », ici la parole ou l'interdiction de la gouvernante, donne au sujet les voies qui vont l'amener à une méconnaissance partielle soit de la réalité, remplacée par le fétiche, soit de la pulsion. Là encore, c'est à l'hystérique qu'il nous faut être reconnaissants, car elle n'accepte pas le renoncement pur et simple. Elle se maintient en offrant à la suppression cette partie d'elle-même découpée, cernée par le fard ou le symptôme, partie d'elle-même que je vous ai décrite longuement au cours de nos précédents entretiens.

Mais regardons de plus près ce qu'il en est de cette restriction « réaliste ». Est-ce vraiment la réalité sociale qui exige que l'enfant cesse de se masturber ? Si aujourd'hui encore, à une période éclairée s'il en est, malgré les progrès d'une pensée de gauche, malgré Wilhelm Reich et quelques autres, si l'immense majorité des parents, dans les meilleurs des cas, se demande ce qu'il faut faire lorsqu'ils découvrent que leur progéniture se masturbe, est-ce vraiment parce que c'est la société qui l'interdit ? On attend encore le psychosociologue, et ça ne saurait tarder, qui fera comprendre aux fabricants d'objets de consommation, mais peut-être l'a-t-on déjà compris sans le dire, que la masturbation invite beaucoup plus à consommer des objets que n'importe quelle forme de sexualité à deux. Ce n'est pas pour des raisons sociales qu'on interdit la masturbation ; l'interdiction a une référence biblique. Je pense que la plupart des gens ignorent que c'est interdit dans la Bible et, même s'ils le savaient, cela ne les gênerait pas tellement. Les médecins, eux, pensent plus honnêtement que ça rend malade ; c'est pourquoi ils l'encouragent parce que c'est encore un des meilleurs moyens d'avoir des clients ! Mais si les gens hésitent, c'est qu'ils sont probablement comme la gouvernante du petit garçon de la *Ichspaltung*, cette gouvernante qui était jalouse et fort mécontente que le petit garçon s'offre des satisfactions qu'elle ne pouvait pas s'autoriser pour des raisons qui la concernent.

Ce qui est certain, c'est que l'interdit – faut-il dire ici gouvernemental ? – ne venait pas traduire une réalité sociale, mais une réalité sociale pervertie, servant de camouflage à quelque chose qui n'est rien d'autre, mais qui est tout cela, à savoir le désir même de la gouvernante en question. Ce qui fait que les *Realitätseinsprüche*, les restrictions « réalistes », ne véhiculent pas autre chose qu'une certaine forme du désir de l'autre et que la *Spaltung* naît de l'impossibilité de ce que le désir de l'un occupe seul le champ de l'intersubjectivité, que ce désir est limité par le désir de l'autre. Mais cette limite, cette coupure, n'est pas une coupure qui sépare deux sujets. Elle marque chaque sujet intra-subjectivement, à l'intérieur même de son inconscient et de sa vie pulsionnelle. Il n'est pas faux de dire que la *Spaltung*, que la refente, naît des entraves réelles, encore faut-il examiner de près ce que sont ces entraves réelles, à savoir le plus souvent un camouflage du désir d'autrui, et fréquemment d'un désir déçu.

Que reste-t-il à l'hystérique devant cette impossibilité de dépasser la *Spaltung* ? Il lui reste le rabattement sur la frigidité, ce que nous verrons tout à l'heure, et la tentative de dépasser cette *Spaltung* en devenant par exemple la maîtresse du maître. Cette tentative échoue ; le fantasme est rapidement déçu, car le maître s'avère incapable de délivrer l'hystérique de cette *Spaltung* qui vient lui rappeler en permanence son imperfection et, par là même, l'imperfection du maître qui ainsi déchoit.

Cette déconvenue est celle de toutes les hystériques ; les autres, bien sûr, ne tentent pas l'épreuve. C'est ce qui est arrivé à Dora, lâchée successivement par son père, par Monsieur K. et par Freud lui-même, malgré ses efforts louables pour faire pour le maître ce que le maître ne pouvait pas faire lui-même, c'est-à-dire lui donner ce qu'il n'avait pas. C'est là que vient se situer le fantasme de prostitution qui est, en fait, le dernier refuge du fantasme d'appartenir à quelqu'un. Car quel maître ou quel être humain bien élevé osera proposer à une femme ce qu'ose lui proposer le maquereau de service, à savoir de devenir le prolongement de lui-même dans cette pompe à fric qu'il voudrait constituer mais ne peut réaliser, parce que justement il lui manque le charme ?

C'est ce qui joue au fond de tout fantasme d'appartenance : offrir à l'autre, et ici à l'homme, ce qu'il n'a pas. Vous voyez par quel métabolisme la femme s'offre à l'homme en tant que phallus. Aussi curieux que cela puisse paraître, la représentation ou l'hypostase phallique pour l'homme, c'est la femme. Elle lui offre ce qu'il n'a pas, à savoir les organes génitaux féminins qui lui manquent. Elle lui en offre très radicalement la jouissance, non pas celle qui résulterait de l'usage apparemment naturel de ces organes, mais la jouissance de leur possession, au sens juridique du terme, comme on dit jouir d'une propriété, entrer en jouissance. C'est cela que l'hystérique offre.

Nous avons vu par anticipation que cette offre n'est pas reçue au niveau de valeur escompté et le dépit amène dans un redoublement l'identification déjà mentionnée à la femme. C'est ce que nous lisons en toutes lettres dans Freud lorsqu'il nous parle des deux heures passées par Dora devant la Madone de Dresde, fascinée par ce personnage de maîtresse sans maître et de mère de maître. Qu'il y ait là une répétition de la scène spéculaire est évident, mais la question que Dora peut être tentée de résoudre durant ces deux heures de contemplation d'une image, c'est celle-là : comment passer de l'autre côté du miroir ? Là aussi, une réponse surprenante peut surgir : pourquoi est-ce le personnage réel devant le miroir qui devrait passer de l'autre côté, pourquoi ne serait-ce pas l'image qui percerait le miroir en passant du côté du réel sous la forme, par exemple, du ventre de la madone qui se mettrait à gonfler ?

Ce ventre qui gonfle pour percer le miroir, ça peut être aussi bien le ventre plein de la grossesse que le ventre pénien. Les deux se mesurent à poids égal à l'étalon phallique. C'est là que nous rencontrons la soi-disant homosexualité hystérique et, en outre, ce comportement si banal chez les mères hystériques, à savoir la mainmise sur l'enfant considéré comme chez n'importe quel marsupial comme appartenant toujours à la poche ventrale. Cette mainmise est aussi l'une des manifestations de ce que j'appelais le meurtre, le désir de meurtre chez l'hystérique qui n'est nullement un fantasme, celui-là. Qu'il émane d'un fantasme, c'est probable, c'est même certain, mais la pulsion est réelle et les meurtres d'hystériques sont réels. Même si ce n'est pas toujours un cadavre qu'on trouve au bout de la route, il s'agit au moins d'une mort morale. Je pense que la plupart d'entre vous auront reconnu dans cette hystérique ce qu'on appelle, pris sous un autre biais, la mère de schizophrène.

Il me reste peu de choses à dire, si ce n'est appliquer ce que nous avons déduit de la *Spaltung* à la situation habituelle, quotidienne de l'hystérique, situation que j'appellerai celle du choix entre l'amour et la loi, la bourse ou la vie. L'hystérique cherche à être soumise au maître, à condition que le maître s'impose comme tel ; or, qui peut le faire sans en même temps s'exhiber ? Si je disais ici s'exhiber comme pervers, ce serait un pléonasme. Car comment inventer quelque chose que l'hystérique ne serait pas prête à donner ? Ce qui lui est demandé, c'est justement ce qu'elle n'a pas. Même s'il n'y a rien à enlever, l'autre ne trouve sa place que dans ce qu'il peut repérer comme manque et, plus précisément, dans le cas de l'hystérique, comme imperfection. L'ennui, c'est que le désir naît de la loi. Je vous ai dit tout à l'heure que ceux qui disent « la loi seulement » accompagnent ce dire de menaces. C'est ce qui se passe, non pas pour Dora, on le retrouverait également, mais de façon plus évidente, pour le petit Hans qui se promène un jour avec son père dans un parc où il voit une pelouse sur laquelle il a envie d'aller jouer et le père lui dit : « Tu n'en as pas le droit parce que si tu y vas, le monsieur là-bas en uniforme va t'emmener en prison. » Ce qui était intention de jeu jusque-là devient désir du fait même qu'une interdiction a été formulée, mais un désir qui ne peut pas être déplacé sur d'autres objets, car le père exprime ce désir, ou cette loi, et formule en même temps qu'il est incapable de la faire respecter.

Que nous importerait en effet la menace d'un rival qui s'accompagnerait de l'expression suivante : « Si tu barbotes tel ou tel objet, stylo ou conjoint, j'irai le dire à maman ou à papa. » En général, ce n'est pas le genre de menace qui fait reculer, au contraire ; cette menace est immédiatement interprétée et entendue comme « Prends-moi cet objet ». Le désir naît de la loi mais, chez l'hystérique, c'est une loi mensongère, une loi qui ne se soutient que par la référence au flic ou, plus précisément dans le cas du petit Hans, d'une loi où le mensonge éclate, non seulement dans le discours d'un père impuissant, mais dans le discours de la mère qui, à la question du petit Hans lui demandant si elle avait, elle aussi, un robinet pour pisser, répond : « Oui ». La loi qui devrait être contenue dans le discours du père apparaît comme mensongère et l'hystérique a quelque mal, comme nous aussi, à distinguer si ce qui est menteur est la loi ou celui qui la profère.

Qui est menteur ? L'hystérique serait guérie si elle pouvait dénoncer comme menteur le père et s'en défaire. Mais malheureusement elle l'aime et c'est là que les choses ont un commencement car, lorsque Freud souligne le traumatisme, il marque une première étape. Il faut insister sur le fait que les choses commencent un jour, sinon, si l'hystérique avait déjà fait l'épreuve du désir, elle aurait vu ses désirs dépassés et construit son propre sujet, que j'avais décrit l'autre jour comme le cénotaphe des désirs morts, donc un tombeau vide car il n'y a pas de désirs morts, il n'y a que des désirs qui changent d'objet. Si donc notre sujet était à ce moment-là déjà constitué, il n'y aurait aucune objection à ce qu'à la fois cette hystérique désire le père ou les substituts paternels et, en même temps, les aime, bien que menteurs. Mais, au départ, l'enjeu est trop grave car il s'agit justement d'insérer le sujet dans une chaîne symbolique, dans une chaîne de discours d'où il importe d'éliminer toute trace de mensonge car, sans cela, il n'y a aucune possibilité de constitution d'un sujet.

Pour le sujet une fois constitué, qu'importe l'historicité, qu'importe l'histoire réelle, qu'importe la diachronie : l'existence même du sujet suffit à ce moment à soutenir l'existence du désir dans sa synchronie, *hic et nunc*. Mais l'amour porté par l'hystérique à son père est ce qui lui interdit de le juger. Ce n'est que plus tard, lorsqu'elle sera guérie, qu'il n'y aura plus chez elle l'exigence d'un personnage parfait, en miroir, comme personnage à aimer, car l'amour naîtra à ce moment d'un désir préalable. Aussi longtemps que ce pas n'est pas franchi, pour éviter le contact avec l'intolérable, l'hystérique s'éloignera du maître ou du substitut paternel. À distance dans l'espace, aux antipodes de préférence, elle repérera un partenaire de choix ou bien elle le situera dans le futur : la jouissance viendra un jour. Il y aura un amour parfait dans des lendemains qui chantent et cet amour parfait, c'est celui que vous trouvez en fin de carrière chez les grandes hystériques de l'histoire. Par exemple chez celle que Freud a nommée Anna O. et que nous connaissons depuis sous le nom de Bertha Pappenheim, dont le fantasme d'amour universel correspond à l'énorme symptomatologie hystérique de ses débuts. À l'opposé, que ce cheminement soit jonché de cadavres au sens le plus réel du terme ne doit pas nous étonner dans une carrière d'hystérique et les lendemains qui chantent, qu'ils soient politiques, économiques ou religieux, passent par la mort.

Nous pouvons conclure maintenant ces quelques entretiens sur la jouissance de l'hystérique. Cette jouissance, différée dans l'espace et surtout dans le temps, est différée par la frigidité, ce qui ne veut pas dire qu'il faille confondre frigidité et ce que les physiologistes-gynécologues appellent une anesthésie génitale. Cela veut simplement dire que l'hystérique ne veut pas appeler jouissance ce qu'elle éprouve et qu'elle attend mieux. La visée de toute prise en charge psychanalytique de l'hystérique est de l'amener à assumer – terme rebattu – sa castration, c'est-à-dire à se contenter de ce peu. Mais attention, c'est ici que nous sommes menacés par un happement métaphysique, le peu n'est pas un peu de jouir et encore moins un peu de désir ; il est faux, bien sûr, de dire que le désir est désir de tout. Il est peu probable que le désir se manifeste jamais sous forme de désir de posséder des usines, des avions, le pouvoir, voire le plus gros diamant du monde. Ce que je désire, c'est justement un désir assez vif pour investir un objet, n'importe lequel, ça peut être un diamant, pourquoi pas, ça peut être un partenaire hétérosexuel, car c'est cet investissement par le désir du sujet qui rend l'autre désirable, une fois créée cette désirabilité.

Il n'y a aucun rapport entre le peu que je suis au niveau de l'être et une quelconque résignation à un peu de désir ; être peu ne signifie pas peu désirer ou peu vouloir. Ce que l'hystérique a à découvrir, c'est justement ce que je désignais tout à l'heure : elle désire être aimée non pour sa perfection, mais pour des imperfections ou pour son imperfection, l'imperfection transmuée en manque. Il s'agit pour elle de dépasser la déconvenue amoureuse purement narcissique, la déconvenue de ne pas rencontrer le maître qu'elle avait construit à son image. En effet, l'amour est toujours d'abord narcissique, mais dans l'acceptation de cet autre incomplet existe la possibilité d'une création amoureuse à la mesure de chacun, création où il n'y a plus de modèle, où chacun a à créer sa propre voie. C'est néanmoins la mystification généralisée de l'amour, reprise par le mythe du couple, mythe nécessaire aussi bien à la religion qu'au capital, qui fait apparaître et rend nécessaire la perversion.

Je pense que c'est d'elle que nous parlerons la prochaine fois.

21 janvier 1974

4

Le savoir du pervers

Si j'avais su que mon cours d'introduction sur les perversions allait tomber au moment des examens partiels, il est probable que je m'en serais davantage inspiré, car je ne vois pas où ranger ailleurs que dans la perversion le goût que peuvent avoir certains à faire passer des examens. C'est malheureusement une perversion à peu de frais. En général, le pervers a besoin de quelques efforts ; il court quelques risques bien qu'il sache, ainsi que nous le verrons, admirablement se servir des lois, car si les lois sont faites pour quelque chose et pour quelqu'un, c'est bien pour la perversion et pour ce que, jusqu'à plus ample informé, nous appellerons la jouissance perverse.

Ne craignez rien, cette forme de jouissance est tout de même une forme assez dégradée de la perversion, assez détériorée, car le sadique qui s'avance vers sa victime, protégé par la cohorte soit des appariteurs musclés, soit de toute la législation protectrice de l'université, est vraiment un sadique raté. Néanmoins nous aurons à en parler, mais pas tout de suite, étant donné que dans l'arbre généalogique des perversions, le sadisme se trouve au plus loin de ce que nous avons à aborder. Mais le fait même de parler ici d'arbre généalogique devrait évoquer l'histoire des maladies mentales, pour ceux qui sont, ne fût-ce que légèrement, teintés d'histoire, d'histoire de la médecine, de la science. C'est ce dont se repaissaient les historiens de la médecine il n'y a guère et que continuent à prôner ceux qui se disent les partisans, les tenants et plus exactement encore les souteneurs de la médecine scientifique. Quand je dis souteneurs, la prostituée en question n'a que de très vagues relations avec la Grande Prostituée de l'Apocalypse, les seules relations qu'elle entretient avec la science médicale, c'est son âge et sa décrépitude et il serait faux de croire qu'elle a traîné dans tous les lits des grands.

Néanmoins cette histoire naturelle de la médecine, et en particulier des maladies mentales, n'est plus qu'un cocotier. C'est l'arbre généalogique auquel s'agrippe ce qui de psychiatre se veut encore nommer ainsi et, au moindre souffle, on verra des cocotiers bréhaignes faire tomber leurs fruits, non pas mûrs mais pourris. La seule chose que nous ayons à redouter, c'est que le vent ne se lève pas de sitôt. Ce vent, bien sûr, ce sera à vous de le faire souffler, moi-même faisant plutôt partie de ceux qui se logent pour l'instant encore aux basses branches, mais enfin, si votre connaissance zoologique est assez développée, vous vous rendrez compte que les basses branches ne sont pas très éloignées des plus hautes. Ce sera à vous de secouer le cocotier et, avec un peu de chance, vous en tirerez toujours quelques « dates », puisqu'il s'agit d'histoire naturelle de la psychiatrie.

L'origine naturelle des maladies mentales est inscrite dans les chromosomes, dans ce qu'on appelle le codon. Je n'irai pas plus loin parce que mes connaissances ici me laissent en plan, étant donné que ce sont des découvertes médicales et scientifiques qu'on a faites après que j'ai eu moi-même passé mes examens. Dans cette histoire naturelle des maladies mentales, il faudrait trouver quelque part un lieu pour greffer les perversions, parce que c'est vraiment un greffon zoologique sur la botanique, d'où, tout à l'heure, mon allusion à la zoologie des cocotiers. C'est d'ailleurs parfaitement arbitraire, cette distinction entre animaux et végétaux, pour la bonne raison tout simplement que les végétaux crient un peu moins fort et se déplacent un peu plus lentement. Je ne sais pas si vous avez déjà vu se promener un caméléon sur un cocotier, ça m'étonnerait parce qu'il ne fréquente pas ce genre d'arbres ; mais si vous avez déjà vu se promener un caméléon, vous pouvez vous demander quel est le végétal et quel est l'animal. À condition, bien sûr, de ne pas être une mouche et de ne pas vous trouver à portée du caméléon et de sa langue car, s'il y a un domaine où il est bien monté, c'est celui de la langue. Ça fait au moins trente centimètres, c'est visqueux et ça colle. L'inconvénient, c'est que c'est très rapide comme opération, mais enfin, il emporte toujours un morceau ; il ne lance pas sa langue dans le vide pour rien ; il la ramène toujours avec un morceau désigné par Sade – je vous parle toujours des perversions – lorsqu'il fait dire à l'un de ses personnages : « J'ai eu la peau du c... » Vous pouvez mettre dans ce c... tout ce que vous voudrez. Dans les éditions que j'ai pu consulter, le typographe n'a pas osé compléter lui-même, je pense qu'il s'agissait du cou, c'est là que la peau est la plus tendre...

Tout cela pour introduire ce préambule à la perversion. On n'y va jamais assez doucement pour entrer dans la perversion. C'est qu'elle est extrêmement contaminée ; elle a traîné partout, dans tous les rapports de psychiatres. J'ai eu la surprise, dans un rapport de psychiatrie – c'est quelque chose qu'on écrit à la demande d'un flic –, de trouver ce terme de perversion sous la plume d'un fort distingué neurologue qui, après avoir éliminé les lésions ou les symptômes localisés ou généralisés du système nerveux central, concluait à la perversion. Cela m'a tout de même plongé dans quelques moments de réflexion parce que, jusqu'à présent, je n'en étais pas arrivé au diagnostic de perversion par l'élimination de la sémiologie neurologique. Mais c'est une voie d'abord qu'il faut respecter ; on peut entrer dans la perversion par tous les bouts.

L'une des raisons pour lesquelles je m'entoure ainsi de précautions avant d'aborder les perversions, c'est que non seulement, comme pourraient le penser certains, j'ai abandonné le terrain rassurant de l'hystérie, mais encore parce que le pervers fait du prosélytisme. C'est d'ailleurs ce que je fais en ce moment : à vous de trouver pourquoi, pour quelle cause je fais du prosélytisme ; mais le fait même que le pervers fasse du prosélytisme rend une introduction absolument indispensable, de façon à ce que vous puissiez distinguer le pervers qui fait du prosélytisme d'un soi-disant pervers qui fait la même chose.

Il faut une introduction à la perversion, car c'est un endroit où l'on s'aventure difficilement seul, où l'on s'ennuie tout seul. Rien n'est plus ennuyeux que de lire tout seul les œuvres de Sade, alors que si vous les lisez à deux ou à plusieurs, vous constatez que la structure du texte, sa construction plus exactement, répond à un besoin précis. Les quelques pages un peu pimentées servent à ce que j'ai décrit longuement l'année dernière et que les Japonais appellent « les livres de l'oreiller », ou « les rouleaux pour l'oreiller » – bien que rouleau, ça fasse un peu table de la loi et que sur l'oreiller ce n'est pas drôle du tout ! Ces rouleaux ou ces livres étaient ce qui devait accompagner les ébats amoureux des jeunes mariés, car les Japonais avaient reconnu que, dans un lit, il faut toujours être au moins trois et que la façon la plus économique d'introduire le troisième et d'éviter des ennuis avec le ou la partenaire, c'était d'introduire ce troisième sous forme livresque. Or, les livres de Sade sont construits de cette façon, quelques pages pimentées et puis de quoi se reposer pendant deux ou trois heures avant de remonter en selle. Pendant deux ou trois heures vous lisez un peu de philosophie ou bien vous dormez et ensuite vous retombez sur un passage croustillant. C'est à peu près comme cela qu'il faut lire Sade.

Je disais qu'une introduction est nécessaire pour s'engager dans l'étude de la perversion, une introduction comme dans beaucoup de textes ésotériques qui ne sont compris que par les initiés. Ces textes, si vous y jetez un coup d'œil, vous constaterez qu'ils ne sont là que comme une espèce de contrepoint plus ou moins dérisoire, plus ou moins ironique qui ne fonctionne que comme aide-mémoire pour ceux qui connaissent la tradition orale. Que ce soit la Kabbale, que ce soit le Talmud ou même le Tao-te-King, tous ces textes demandent un introducteur, parce qu'en fait ils n'existent pas en eux-mêmes ; ils n'existent que sous la vivification, que sous la stimulation de la parole. Or, ce qui est écrit sur la perversion est exactement de la nature de ces textes. Il n'y a strictement rien de compréhensible ; rien de lisible ou de communicable. Notre problème sera de nous servir de quelques notes éparses sur cette perversion pour tenter de faire l'historique, non pas de la folie, mais des idées qui sont nées autour de ce signifiant qu'est le terme de perversion. Ce terme, au niveau du langage courant, n'est pas autre chose qu'un jugement, une condamnation, comme beaucoup de termes psychiatriques d'ailleurs. Nous aurons à voir tout à l'heure les mauvaises fréquentations du psychiatre. S'il fallait les attester, ce serait dans cette contamination de la terminologie choisie par le psychiatre, sa contamination par l'insulte, ou mieux, par l'injure. Pour ceux qui ne sont pas initiés à la psychiatrie, je rappelle que des termes comme « imbécile » ou « idiot » sont des diagnostics psychiatriques. Ils désignent des choses très précises sur lesquelles les psychiatres ont beaucoup écrit. Dans leur bouche ils n'ont aucunement la dimension injurieuse ; le seul terme au sujet duquel une certaine ambivalence continuait à régner, à savoir le terme de « fou », a été soigneusement éliminé de la terminologie psychiatrique. C'est très mal vu lorsque vous mettez dans une lettre à un médecin que le malade qu'il vous a envoyé est complètement fou, alors que ce serait probablement la seule chose intelligente à lui répondre. La perversion va nous fournir des exemples et des sources de réflexion sur cette cohabitation entre l'injure et le diagnostic. C'est plus qu'une insulte de dire de quelqu'un qu'il est pervers. Est-ce tout à fait une injure ? Pour que c'en soit une, il faudrait qu'il démontre qu'il ne l'était point, justement, pervers. Si le terme pervers lui-même n'est pas utilisé comme insulte, il y en a d'autres qui le sont.

Avant d'aller plus loin, essayons d'imaginer ce qui se passerait si A traitait B de pervers. À la date où nous en sommes, B serait fort satisfait ou tout au moins très flatté et dans cette réaction nous allons pouvoir lire ce qui se donne comme les découvertes les plus récentes sur la perversion. Le fait que B soit flatté d'être traité de pervers signifie pour lui quelque chose dont il lit la reconnaissance dans ce que lui disait A. Ce qu'il lit, c'est une sorte d'admiration un peu craintive sur un certain savoir. On traite de pervers celui qui en sait long. Qui en sait long sur quoi ? Sur le « comment y faire » ? Comment y faire, bien sûr, pour se procurer des partenaires sexuels, et c'est habituellement à l'homme que s'adressera cette insulte-compliment. Le pervers sait y faire pour avoir des femmes.

Il ne serait pas sans intérêt d'étudier qui est tenté de traiter ainsi quelqu'un de pervers. Je n'insisterai pas sur ce point, car les psychiatres se trouveraient une fois de plus en mauvaise position. J'insisterai davantage sur ce « y » : savoir comment y faire, cet « y » qui indique un lieu, le lieu où on peut les toucher, les pervers, bien sûr. Est-ce une raison pour traiter systématiquement tous les gynécologues de pervers ? Je me garderai bien d'y répondre. Qu'il me suffise d'avoir posé la question. Mais je souligne une fois de plus que le pervers apparaît ici comme celui qui sait quelque chose. Or, dans les définitions proposées par les psychiatres et par les psychanalystes pour définir le pervers, il y a justement cette référence au savoir, à un certain savoir qui n'est pas autre chose que ce savoir gynécologique. Là-dessus je me suis demandé si on peut inverser les choses. Il faudrait que j'y réfléchisse. Il est très probable, en effet, que les gynécologues détiennent un savoir psychanalytique. En tout cas, ce sont certainement eux qui ont les premiers compris qu'une collaboration était possible et avec lesquels la collaboration avec les psychiatres et les psychanalystes était la plus solide et la plus durable. Le pervers est posé comme quelqu'un qui sait quelque chose sur le mystère féminin, mystère lié à ceci, qu'il n'y a prétendument rien à voir du sexe de la femme.

Nous sommes là en pleine fantasmagorie masculine. Je vous rappelle la définition donnée l'autre jour par un client qui désignait le sexe féminin comme « le lieu où il n'y a pas quelque chose ». J'avais ajouté, à ce moment-là, : « pas quelque chose à enlever » et encore : « pas quelque chose à enlever... pour être femme ». Vous pouvez jouer comme vous voudrez avec ces termes. Restons-en pour l'instant au sens simple et plat ; le lieu où il n'y a pas quelque chose est par définition un lieu de mystère, ou au moins un lieu apte au mystère, un vide, mais néanmoins un vide où quelque chose se passe, un vide habité par des forces mystérieuses : radiations, courant, force électromagnétique, tout ce qu'on voudra, gravitation pourquoi pas, un vide qui, tel le creuset alchimique, vient constituer un centre autour duquel se développe cette enveloppe charnelle propice à satisfaire les désirs de l'homme. Du coup, ce vide recherché et nanti de ces forces mystérieuses devient menaçant et la menace ainsi constituée se manifeste par une foule de fantasmes et de mythes dont le plus connu est probablement celui du vagin denté. J'entendais aujourd'hui encore le récit d'un analysant qui parlait de souvenirs d'enfance où il s'exhibait devant la chienne de la maison, ce qui est évidemment un exemple tout à fait remarquable et tout à fait caractéristique du vagin denté. Mais si ce vagin denté est un mythe des tribus primitives, le XIXe siècle et surtout la fin du XIXe ont inventé non seulement des mythes mais se sont servis des réalités pour les mythifier. C'est ainsi qu'on a largement usé et abusé de la menace des maladies vénériennes pour faire rester en place les garçons trop turbulents ou qui voulaient quitter le sein d'une famille bourgeoise. Puis vinrent des formes plus amusantes et plus croustillantes telles qu'elles fourmillent dans l'histoire de la médecine, comme cette thèse de médecine, qui date de la deuxième moitié du XIXe siècle, sur *La Combustion spontanée des alcooliques*[1]. On y admettait que l'alcoolique-éponge s'imprégnait suffisamment d'alcool pour pouvoir s'enflammer à la moindre étincelle et, si je n'avais pas quelque honte à citer mes mauvaises lectures, je vous rappellerais – je ne pense pas que qui que ce soit ici se souvienne de cet écrivain nommé Lavedan – ça ressemble à de l'argot, je n'y suis pour rien, il s'appelait Henri de son prénom – qui a écrit un roman dont j'ai oublié le titre mais qui finissait par la combustion spontanée d'un tel alcoolique sur la scène.

Si j'ai parlé de cette combustion spontanée qui fait rire tout le monde actuellement, c'est pour accrocher une autre de ces légendes médicales. Mais vous verrez, s'il y a parmi vous quelques médecins, que les réactions à ce que je dénonce comme une légende sont assez ambiguës car chacun, ou certains en tout cas, sont convaincus que cela existe, alors que c'est à ranger au rang de la combustion spontanée, quelque chose qu'on appelait le *« penis captivus »*. *Penis captivus*, traduit en français, se dit pénis captif et c'est un accident ou une complication de la copulation – je parle comme dans les questions d'internat – qui consiste en une contrac-

1. L. Israël fait allusion à une thèse de médecine du XIXe siècle dont nous n'avons pu retrouver les références exactes.

tion invincible de je ne sais quel muscle vaginal sur le pénis qui fait que les partenaires ne peuvent plus se dégager. Je sais très bien que tous ceux qui ont fréquenté les chirurgiens viendront me dire : « Mais, mon maître ès chirurgie m'a dit qu'en effet on lui avait un jour amené deux clients emballés dans un drap [cela se passe toujours comme ça !] qu'il s'agissait de dégager. » Les plus futés vous diront que le meilleur truc, c'est de mettre le doigt dans le trou du cul pour que ça lâche. Qu'il y ait là un passage de la zoologie canine à l'être humain, quoi de plus naturel, parce que, s'il y a quelqu'un que l'être humain peut envier, ce n'est pas le primate, mais le chien et l'âne. En tout cas, chez les chiens, en effet, il y a parfois quelques difficultés d'extraction. En général, ce n'est pas au chirurgien qu'on a recours, c'est à la ménagère du coin qui prend un seau d'eau pour faire cesser ces ébats inadmissibles...

Donc, le *penis captivus* est à ranger parmi les légendes. Mais il y en a de plus récentes encore. Il n'y a pas si longtemps que la France était un grand empire colonial et toutes les colonies se soulevaient les unes après les autres. Les missionnaires militaires envoyés pour pacifier ces populations rapportaient à leur tour des légendes qui venaient s'inscrire dans cette mythologie du vagin denté, notamment celle-ci, que les femmes des ennemis, obligées de fraterniser – le terme se trouve dans *Mère Courage* de Brecht – se mettaient des lames de rasoir dans le vagin pour rendre inutilisables les génitoires des conquérants. Cela aussi fait partie des légendes qui attestent que l'homme supporte mal ce vide et qu'il est obligé de le meubler. Plutôt des lames de rasoir, plutôt des dents, plutôt des pièges à loups que ce vide menaçant.

Le pervers est celui qui ose affronter ces pièges parce qu'il sait qu'il s'agit de mythes et, à partir du moment où on sait, il n'y a plus de risque. C'est tout cela qui est contenu dans l'injure « C'est un pervers » proférée à l'égard de quelqu'un. Un pervers est quelqu'un qui sait, qui n'a pas peur parce qu'il sait justement qu'il ne risque rien. Le pervers est celui qui en sait long, voilà la grande découverte de la psychanalyse de ces dernières années. Développons encore un peu cette insulte. Le terme de pervers est ambivalent, à la fois injurieux et recouvrant une certaine envie à l'égard de son destinataire. Il y a pourtant certaines désignations de perversion qui sont très réellement injurieuses et, curieusement, ce sont essentiellement celles qui concernent l'homosexualité. Là on peut s'en donner à cœur joie ; les insultes pour désigner les homosexuels sont légion : tantouzes, pédés, gouines, tout ce que vous voudrez. Notez le fait pour l'instant et gardez-vous bien de vous précipiter sur une quelconque explication. Ce n'est pas évident du tout de savoir pourquoi ces termes sont devenus des insultes ou, plus exactement, pourquoi on a tenté d'injurier ou d'insulter ceux que l'on pensait s'adonner à ces activités.

Nous pouvons maintenant essayer de situer la perversion. Toute situation consiste, bien sûr, à limiter le sujet, à le délimiter par rapport aux autres champs scientifiques qui l'entourent. Mais nous allons voir que, de par sa nature, la perversion ne constitue pas et ne saurait constituer un champ bien déterminé. Il s'agit tout au plus d'un concept qui s'élabore à partir d'autres champs. Je ne tenterai pas de faire l'inventaire complet des champs à partir desquels se développe cette notion de perversion, chacun d'entre vous pourra le faire, mais je me servirai simplement de quelques modèles en commençant, bien sûr, par la psychiatrie où la perversion est habituellement plus familière.

Qu'est-ce que la perversion pour le psychiatre ? Le terme latin utilisé par les auteurs allemands est ici peut-être plus satisfaisant, c'est la *« psychopathia sexualis »*, la folie sexuelle, maladie mentale du sexe ou maladie du sexe mental ; folie du sexe, folie liée au sexe, sexe en folie, autant de facettes qui tentent de situer un peu mieux la perversion. Quelque chose dans la vie sexuelle n'est pas normal du point de vue psychologique, psychopathologique ou psychiatrique. Cela pose d'emblée le psychiatre en législateur et, bien entendu, en défenseur des bonnes mœurs. Cette défense des bonnes mœurs le met dans de fort sales voisinages. Nous allons un peu évoquer les mauvaises fréquentations du psychiatre. Elles sont liées historiquement à l'origine même de la psychiatrie, à ce que Michel Foucault a appelé le « grand renfermement ». Pour ceux qui ne savent pas ce qu'est « le grand renfermement », il me paraît absolument indispensable de lire ce livre de Foucault qui s'appelle *Histoire de la folie à l'âge classique*[1]. Ce grand renfermement aboutit à ce qui est considéré, et qui l'a certainement été à ce moment-là, comme un acte de courage, un acte révolutionnaire, à savoir la libération des aliénés par Pinel. Vous trouverez à la Salpêtrière un tableau qui représente Pinel faisant tomber les chaînes des aliénés, lesquels étaient, en effet, enchaînés dans certains hôpitaux généraux. C'est ainsi que ça s'appelait. Ça n'avait aucun rapport avec

1. Foucault M., *Histoire de la folie à l'âge classique*, NRF, Gallimard, Paris, 1972.

ce qu'on a baptisé ensuite un hôpital général. C'étaient plutôt des hospices où l'on renfermait tous ceux qui faisaient grincer le Siècle des Lumières et, entre autres, les fous que l'on enchaînait. Et c'était une distraction habituelle, dominicale, des Parisiens que d'aller voir les fous. Or, Pinel a délivré ces fous. Est-ce une bonne chose ? Sûrement, mais interrogeons-nous tout de même sur l'effet de cette libération. Aussi longtemps que l'aliéné, le fou, est enchaîné, il est objet de scandale, car si un certain nombre de Parisiens allaient voir le dimanche les fous enchaînés, on peut présumer que, pour un certain nombre d'autres, cet enchaînement d'êtres humains et cette exposition furent un objet de scandale, comme le fut l'exposition au carcan, comme le fut l'exposition de tout l'envers de la machine judiciaire. Le fou est d'autant plus un objet de scandale qu'on l'exhibe. Il est objet de scandale comme tous les révolutionnaires.

En faisant tomber ses chaînes, on en a fait un malade comme les autres. Bien sûr, ce n'est pas allé aussi vite que l'histoire veut bien le dire, ce n'est pas aux environs de 1793 que le fou est devenu un malade comme les autres ; il a fallu attendre 1952. Pour qu'un fou soit devenu un malade, il a fallu faire ce qu'on appelle l'épreuve thérapeutique, à savoir trouver des médicaments suffisamment actifs pour qu'on pût dire qu'il y avait là une maladie à soigner par une chimiothérapie spécifique. 1952, c'est l'introduction dans la pharmacopée française et mondiale de la chlorpromazine, commercialisée sous le nom de Largactil. C'est une révolution qui a certainement davantage frappé les médecins et les scientifiques en général que ce qu'on a appelé la révolution freudienne, révolution dont les effets ne sont pas tellement évidents. Que le sort et la trajectoire psychiatrique aient été incurvés sérieusement à partir de 1952 ne fait pas de doute ; c'est à partir du moment où apparaît une chimiothérapie – que je ne dirai pas pour ma part spécifique, mais efficace en matière de folie –, c'est après cette révolution chimiothérapique que commencent à apparaître les prodromes de ce qui allait devenir l'antipsychiatrie. Peu importe ici de prendre position pour ou contre cette antipsychiatrie. Il y aurait beaucoup de choses à dire, notamment qu'elle n'est qu'une vue partielle des choses, mais cette vue partielle est loin d'être fausse. Ce qui importe, c'est qu'à partir du moment où certains ont osé se dire antipsychiatres – c'étaient presque toujours des gens sachant de quoi ils parlaient et ayant une formation psychiatrique – et ont osé se poser la question de la justification d'une telle antipsychiatrie, à partir de ce moment-là la révolution ou la dénonciation du scandale qui régnait à l'époque de Pinel, et avant lui bien sûr, a repris la parole.

L'antipsychiatrie limite le champ de la psychiatrie à l'aliénation. C'est peut-être là qu'une critique pourrait lui être adressée car elle fait le jeu, à son insu, de ce qui peut écarter une vision nouvelle en psychiatrie, à savoir toute la dimension de l'inconscient. Limiter la psychiatrie à une série de réactions, à un environnement social, risque de réduire ce champ à l'éthologie ; c'est méconnaître la dimension subjective. Si un père veut fabriquer un fils à son image, il va bien entendu lui imposer ses modèles, ses schémas de comportement et ce fils, à ses débuts dans la vie, ne pourra évidemment pas se défendre contre ce qui est ici très rigoureusement une aliénation. Seulement, d'avoir ainsi à se plier à une conduite imposée entraîne une suppression de tout désir en son nom personnel et l'aliénation viendra se doubler des mécanismes inconscients déclenchés par elle, mécanismes qui peuvent déboucher sur toute une série de structures pathologiques. Je dis pathologiques, c'est une erreur, il s'agit en fait de structures nées en réaction à des conditions particulières mais qui dépassent les conditions qui les créent. C'est là où l'antipsychiatrie s'arrête. La dimension de ce qui se passe dans l'inconscient ne relève d'aucune antipsychiatrie particulière, c'est tout simplement, si le terme simple convient ici, de la psychanalyse.

Revenons-en à l'escamotage du scandale psychiatrique par sa médicalisation, commencée avec Pinel et terminée en 1952. Depuis l'époque où l'on enfermait les fous avec les prodigues, les filles publiques et tous ceux désignés par l'article 64 du Code pénal, en souvenir de cette époque, le psychiatre traîne cette mauvaise fréquentation qu'on ne manque pas de lui reprocher, qui est la fréquentation de ceux qui sont chargés de faire régner l'ordre et les bonnes mœurs, à savoir les flics. Le terrain où le psychiatre prend ses ébats avec les flics s'appelle la criminologie. C'est une compromission dans une pratique orientée, c'est-à-dire aliénée à une prétendue science qui n'est qu'un savoir. Je l'ai évoqué dans mon préambule en disant que le pervers est détenteur d'un savoir. La question qui se pose à partir de là est celle-ci : est-ce que la « maladie mentale » en général et la perversion en particulier peuvent toujours être référées à une déviation par rapport à une loi, à une règle ? C'est en tout cas souvent vrai. Que cette loi soit celle qu'on appelle « travail, santé, sobriété », où l'on retrouve comme en écho le fameux « travail, famille, patrie », c'est ce que la société exige des membres conscients et organisés de la vie en société, ce sont donc ces lois du travail, de la santé, de la sobriété auxquelles il s'agit de ne pas trop contrevenir.

Mais je me garderai bien de charger le psychiatre, car ici le psychanalyste a les mêmes torts, que l'on peut déjà trouver chez Freud. Pour le psychiatre, les règles transgressées par le pervers sont essentiellement des règles de santé ; c'est très malsain pour soi ou pour les autres d'être, par exemple, sadique ou masochiste, parce que cela peut aller jusqu'à ce que les Allemands ont appelé le *« Lustmord »*, le meurtre jouissif. Mais il n'y a pas que la santé qui soit menacée. Ce qui est surtout menacé par la perversion, c'est la pureté. Or, la pureté est une règle qu'il convient de ne pas transgresser, car elle est ce qui garantit la valeur des produits mis en circulation. C'est pour cette raison qu'on est prié actuellement, quand on fabrique des produits alimentaires, d'en inscrire la composition sur les boîtes. On pourrait tout aussi bien le faire sur les produits humains mis en circulation ou en échange et mentionner la composition, les performances, l'état de fraîcheur, la quittance de la virginité et tout ce qui s'ensuit. La pureté, la règle de « pureté » que transgresse le pervers, c'est celle qu'a dénoncée Freud, l'innocence de l'enfant ou de l'enfance... Vous pouvez continuer ainsi à rechercher quelles sont les règles transgressées par le pervers.

La question que nous avons maintenant à nous poser est celle de la rencontre des pervers. Dans un travail fort connu [1], G. Daumezon nous dit que justement le

1. Daumézon G., *L'Inconscient*, 2, *op. cit.*

psychiatre ne rencontre pas le pervers. Ce n'est pas une affirmation à prendre à la légère, car il est parfaitement vrai que le psychiatre ne rencontre pas le pervers, le criminologiste parfois, lorsque ce pervers s'est fait prendre. Mais cela ne lui donne qu'un échantillonnage très limité de la perversion, cette image du pervers qui se sent coupable et qui, pour se punir, se fait prendre. C'est ce que j'appellerai le pervers raté. Ce qui fait que les aperçus sur la perversion acquis par la voie de l'expertise criminologique ne sont que partiels et cela reste vrai aussi longtemps que le pervers rencontre toutes les complicités nécessaires à l'exécution de sa « perversion ». L'étude des perversions a fleuri au cours de la Première Guerre mondiale et ce sont les psychiatres d'Outre-Rhin, Krafft-Ebing et Magnus Hirschfeld notamment, qui ont décrit ces perversions à une époque qu'ils ont appelée l'époque de la *« Geschlechtsnot »*, de la détresse sexuelle. Dans leurs fantasmes, cela impliquait des hordes de Teutonnes bramant après le mâle, lequel avait été liquidé sur les champs de bataille ; ce qui fait que lorsqu'un mâle se faisait prendre par ces troupes de Walkyries ou de Germanias, il lui en cuisait, à moins justement qu'il ne fût pervers. Mais en dehors de ces périodes de *« Geschlechtsnot »*, où les complicités étaient donc assurées par l'ensemble de la population, la perversion se localisait habituellement dans ces temples de Vénus, qu'on n'appelait pas à l'époque des éros-centers mais des bordels, et on peut se demander dans quelle mesure la perversion ou certaines formes de perversion ne sont pas justement une création bordélique.

Il suffit en tout cas de se référer à des pièces comme

Le Balcon[1] ou à des films comme *Belle de jour*[2], pour se rendre compte de la nécessité d'une mise en scène et d'une complicité dans cette perversion. Or, la complicité dont il s'agit est une complicité avec le fantasme, c'est-à-dire avec une partie inconsciente du sujet. Le fameux savoir du pervers n'est pas autre chose que l'effort qu'il fait pour méconnaître le fantasme ou méconnaître que ce fantasme ne s'exprime que grâce à une complicité. Si celle-ci vient à manquer, il lui arrive ce qui arrive à n'importe quel névrosé lorsque le réel s'y met pour dénoncer cette névrose, il y a une vacillation accompagnée d'angoisse, ce qu'en général on s'empresse d'oblitérer par le terme de dépression.

28 janvier 1974

1. Genet J., *Le Balcon, Œuvres complètes*, Gallimard, Paris, 1979.
2. Buñel L., *Belle de jour*, 1966.

5

Le champ clos de la perversion

Nous nous étions arrêtés à cette remarque de G. Daumezon, que le psychiatre ne rencontre pas le pervers. On devrait souligner qu'en effet le psychiatre ne rencontre pas le pervers aussi longtemps que celui-ci dispose de toutes les complicités nécessaires à la mise en scène de son jeu. Bien entendu, je suis amené à parler de pervers je dirais presque avant la lettre, étant donné que jusqu'à présent rien de l'ordre d'une définition de la perversion n'a pu être proposé. Nous serons obligés pendant quelque temps encore de nous passer de cette définition, car ce n'est qu'à partir de la récolte d'un certain matériel et de son élaboration que nous pourrons tenter de proposer sinon une définition, du moins des modes de repérage de la perversion.

Restons-en donc à cette affirmation que le psychiatre ne rencontre pas le pervers, affirmation que je tempère de ceci : il ne rencontre pas le pervers dans la mesure où celui-ci dispose des complicités nécessaires. Elles sont en général faciles à trouver, et il ne serait pas sans intérêt de rechercher historiquement à quels moments apparaissent, non pas les descriptions ou les études mais les cas de perversion qui feront ensuite l'objet d'une élaboration théorique.

Il est frappant de voir combien ces perversions fourmillent au moment des guerres, on pourrait presque dire dans la péristase des guerres. C'est ainsi que les auteurs allemands et notamment Magnus Hirschfeld qui, dans l'efflorescence de stupidités qu'on a écrites ou dites sur les pervers, apparaît comme un point de repère à partir duquel il serait possible de développer un travail, car son abord de la perversion a été tout différent de la classification, de la mise en carte ou en fiche du pervers. C'est dans un contexte social, économique et politique qu'il a tenté de situer la perversion. Autrement dit, il est probablement le premier à avoir découvert que la perversion n'existait pas sans cette complicité que nous pouvons maintenant étendre à la société dans laquelle elle se déroule. C'est lui qui a introduit ce terme, qui à lui seul est déjà une interprétation que l'on peut ou non accepter, à laquelle on peut ou non souscrire, mais qui, au moins, avait le mérite d'être autre chose qu'un de ces termes purement obturants ou obturateurs qui ne sont là que pour servir de bouchon, à savoir *Geschlechtsnot*, la détresse sexuelle. *Not* apparaît ici avec tout son poids d'exigence urgente et non pas simplement de besoin. C'est au cours de la Première Guerre mondiale et dans ses suites qu'il a appliqué ce terme à quelque chose qui était le résultat d'une sommation d'identifications dont il y aurait à faire l'historique et dont les premiers éléments ne sont qu'indiqués dans un ouvrage de Hirschfeld : *Histoire des mœurs de la Première Guerre mondiale, Sittengeschichte des ersten Weltkrieges*. Il commence à y rassembler les éléments qui permettent de repérer les identifications forcées dans lesquelles on a en quelque sorte coincé les gens. On a créé un besoin, ce besoin urgent dont je parlais tout à l'heure, qu'il fallait absolument et immédiatement satisfaire. Il est évident que le même phénomène s'est répété, largement amplifié après la Deuxième Guerre mondiale. Ce qui n'est pas le moins sidérant, c'est que c'est sur le même théâtre que ces faits se sont déroulés, peut-être pas avec les mêmes protagonistes mais avec leurs descendants immédiats.

Si ces conditions politiques et économiques constituent les complicités nécessaires au développement de la perversion, il est clair aussi que ces conditions ne sont pas constamment réunies ; il faut donc trouver des équivalents, des substitutions possibles, il faut reconstituer artificiellement le bain ou le milieu dans lequel la perversion va pouvoir fleurir. Là encore, c'est à l'un des rares sexologues sérieux, beaucoup moins d'ailleurs que Hirschfeld, mais enfin nettement supérieur à ce qui traînait un peu partout, que nous nous adresserons. Il s'agit de Krafft-Ebing[1]. Son champ de bataille à lui n'est pas la guerre mais le bordel. Il s'agit d'une reconstitution de fantasmes à l'usage de qui veut s'en servir. Car si les hommes aiment la guerre avec toutes ses suites et ses conséquences, c'est qu'elle constitue le lieu d'élection, de développement du fantasme.

La société ordonnée et ordinaire ne se prête pas ou se prête mal au développement, à la mise en scène du fantasme. Vous voyez qu'ici je suis amené à utiliser le même terme pour indiquer et le développement du fantasme et le développement de la perversion et nous verrons tout à l'heure qu'il ne saurait y avoir de fantasmes que pervers. Mais la société ménage des lieux en dehors

1. Krafft-Ebing (von) R. (1886) *Psychopathia sexualis*, trad. revue par S. Moll et R. Lobstein, Paris, 1969.

des guerres, dont la fonction n'est pas exclusivement le développement du fantasme, mais qui ont besoin de cette tendance humaine, de cette caractéristique justement pour pouvoir se mettre en branle. En effet, comment concevoir que des gens se mobilisent soi-disant pour des idées ; ce n'est absolument jamais pour des idées qu'on se bat mais éventuellement pour se défendre et ça, c'est une invention moderne. Autrefois, on se battait parce qu'on promettait justement la satisfaction des fantasmes.

Comme la société ordonnée ne dispose pas constamment de champs de bataille suffisants, il faut qu'elle ménage les champs clos dans lesquels vont pouvoir se développer les scénarios pervers. Chaque fois que la société propose de tels champs, ils sont évidemment fort courus et fort prisés ; mais la routine française, par exemple, ne permet pas aux Clubs Méditerranée de prendre leur plein développement. Il faudrait déjà aller dans un autre continent pour que ces clubs trouvent leur fonction et puissent la remplir. Ici, en Europe, nous sommes bornés aux bordels ou à leurs dérivés industriels, modernes, sous forme d'éros-centers et autres. Je ne suis pas convaincu qu'en ceci le modernisme nous fasse faire des découvertes qui dépassent de beaucoup les travaux de Krafft-Ebing et consorts.

La complicité fournie par le bordel est la complicité avec le fantasme. La seule question qui puisse nous intéresser est celle-ci : y a-t-il moyen d'échapper à cette complicité ?

Il y a un peu plus d'un an, lors d'un congrès de l'École freudienne, quelqu'un donnait l'exemple d'un sujet pervers qui avait entrepris une psychanalyse ; en effet, on ne voit pas très bien pourquoi un pervers n'entreprendrait pas une psychanalyse ! Il est heureux ou aussi malheureux que n'importe quel sujet réputé normal ou névrosé ; certainement moins malheureux que le névrosé de service. Ce qui fait qu'il faut que la complicité défaille. L'exemple qui avait été donné était celuici : il s'agissait d'un prêtre qui courait sinon les bordels du moins les prostituées et le sommet de son plaisir, d'aucuns diraient peut-être sa jouissance – ce à quoi je ne souscris pas – consistait *post-coïtum* à dire à la partenaire : « Eh bien, tu sais avec qui tu viens de faire l'amour ? Avec un prêtre. » Il se satisfaisait de ce qu'il pensait lire dans l'œil de la partenaire. Nous verrons à chaque instant, au cours de notre étude de la perversion, combien est fragile à un certain moment la barrière qui sépare la perversion du délire, car ce que ces pervers croient lire ou entendre dans leurs partenaires d'occasion ne se distingue en rien de l'hallucination.

Ce qu'il croyait et ce qu'il espérait entendre, c'était une stupéfaction horrifiée devant l'immensité du péché commis ; jusqu'au jour où la réaction fut telle que l'illusion, pour ne pas dire l'hallucination, ne put être maintenue. En effet, la partenaire, probablement plus astucieuse ou moins diplomate et moins bonne commerçante que les autres, lui dit : « Ben, mon pauvre vieux... » Il a suffi de ces quelques mots pour que notre curé plonge dans un état d'angoisse indicible, prenant conscience à ce moment-là, de façon brutale et rejetée sur lui de l'extérieur, de la complicité ludique, de la complicité de jeu exigée jusque-là. La rupture de ce qu'on pourrait peut-être appeler le « contrat pervers » le laissait seul face à quelque chose qui ne peut être entendu que comme une grimace de lui-même. En face de cette grimace où il se reconnaît, il ne lui reste pas d'autre solution que de se rendre auprès d'un psychanalyste afin qu'on lui ravale un petit peu l'image.

Ce n'est qu'un exemple, très remarquablement mis en lumière par celui qui avait à analyser ce cas. Mais en fait, dans quelle situation bordélique un tel scénario, une telle rupture de scénario, ne serait-elle pas concevable ? Rupture de scénario qui serait la dénonciation, sous n'importe quelle forme ou à n'importe quel moment, que ce pourquoi on vient n'est absolument pas la même chose des deux côtés du miroir, des deux côtés des parties et que ce pour quoi on paie la prostituée, c'est un simulacre ou une mascarade dont on souhaite justement qu'elle soit un simulacre. Or, ce qui se passe lorsque la prostituée rompt le contrat, ce n'est rien d'autre que le moment où on fait découvrir à notre soi-disant pervers, à notre soi-disant sujet réfugié dans la perversion que ce qui se joue n'est pas autre chose que la mascarade amoureuse. Quel que soit son niveau, quelle que soit sa forme, quels que soient les engagements et les contraintes qui s'y développent, ce qui fait vaciller le sujet, c'est que le lieu où il recherchait justement une différence s'avère un lieu d'identité. Si le pervers a besoin d'un secteur privilégié, d'un champ clos pour que sa perversion puisse se jouer, c'est qu'en dehors de ce champ clos il préserve un endroit pur où il puisse se convaincre que rien de pervers ne se déroule.

Quel sujet, masculin ou féminin, n'a pas tenté d'introduire ainsi des distinctions subtiles entre ce qu'il est possible de faire avec telle ou telle catégorie de partenaires ? Ce qu'il appert dans la rupture du contrat, c'est justement que ces catégories sont purement imaginaires, et que l'univers construit pas le pervers, l'univers qui exigeait la scène de la perversion pour se soutenir d'une soi-disant répression dont les scories allaient brûler dans ce champ particulier s'effondre, car ce que cet univers rejette et ce qu'il contient s'avère identique.

On dit qu'à ce moment-là le pervers vacille ; comme si c'était l'apanage du pervers de vaciller devant une découverte quelconque. En fait, à ce moment-là il s'effondre. Dans l'effondrement dépressif —et, pour une fois, j'accepterai l'usage du terme de dépression –, il est certain qu'il doit avoir recours à l'homme de l'art, psychiatre ou psychanalyste, selon ce qu'il trouvera. Seulement, le psychiatre en question ne se trouvera plus en face d'un pervers, mais, très radicalement, en face d'un déprimé. C'est pourquoi – faut-il le préciser une fois de plus ? – je condamne l'usage de ce terme de dépression, que je réserve pour ma part à ces accidents très particuliers liés à la découverte que la structure sur laquelle on s'appuyait jusque-là était un leurre. Mais, devant ce déprimé, bien malin le psychiatre qui dira s'il avait affaire à un pervers ou à un névrosé. En face du déprimé, on ne fait plus le diagnostic de perversion, même si le pervers décrit l'origine de sa dépression, comme si, étant puni, il n'avait plus besoin d'être marqué, d'être condamné.

J'ai parlé du « contrat pervers » et des lieux où la complicité se joue. J'ai dit aussi que le pervers croit que, dans son univers, il y a un lieu privilégié pour vivre son fantasme, pour l'exécuter, et un autre pour vivre dans la pureté. Je n'ai pas dit que ce lieu de pureté, dont on voit maintenant la fonction spéculaire par rapport aux lieux où se joue la perversion, était le couple légitime, car, le plus souvent, ce couple, lié par contrat, fonctionne de la même façon. Si tous les États du monde, si tous les systèmes tiennent tellement à l'accouplement légal, c'est afin que se liquide entre deux draps – ou sans drap si l'on veut – ce qui résulte de l'impossibilité de maintenir son insertion parfaite dans le système.

La perversion n'est pas, en effet, liée aux techniques perverses, car rien ne distingue « cliniquement » les techniques perverses des techniques non perverses. La perversion est liée à un lieu et c'est pour cette raison que j'ai insisté depuis le début sur l'importance du lieu où se déroule la scène, un lieu qui n'est pas mis en question. Remarquez la similitude, la symétrie absolue qu'il y a entre ce que je vous ai décrit tout à l'heure avec mon curé qui allait voir les putains et la situation de certains couples constitués, officiellement bien sûr, pour créer un foyer. C'est ainsi que cela s'appelle dans les écoles du mariage, un foyer ; c'est ce qu'il y a de plus beau au monde, sans compter les petits enfants dont on n'a pas encore dit ce qu'ils représentaient, mais ça viendra ! Ces couples sont constitués officiellement pour fonder un foyer, mais en vérité c'est pour se soutenir mutuellement et pour éviter de se trouver en face de ce que j'ai appelé tout à l'heure sa propre image grimaçante. Le fait de trouver en face de soi un autre, un « petit autre », bien sûr, toujours disponible, cet autre dispense l'un de se découvrir dans le miroir.

Dans de tels couples, il suffit à certaines personnes d'aborder le problème du divorce, la question de l'adultère, pour voir apparaître exactement la vacillation dont j'ai parlé tout à l'heure, qui montre ce qui se passerait si l'autre du couple venait à manquer : exactement ce qui se passe lorsqu'il y a rupture du contrat pervers, lorsqu'il y a rupture de complicité.

Avec ces quelques éléments la preuve serait faite de la similitude de la structure perverse et de la structure normale. Mais cela ne suffit pas, car vous vous rappelez que mon point de départ, c'est la perversion vue par le psychiatre. Je me garderai bien d'accuser le psychiatre, car nous avons vu, grâce au travail de G. Daumezon, que justement le psychiatre a su prendre ses distances par rapport à la perversion et la situer à sa place. Il n'en est malheureusement pas de même des psychanalystes qui, eux aussi, à l'instar du psychiatre qui se fait complice du flic – cela s'appelle des criminologues – se sont faits les défenseurs d'une loi. En effet, les psychanalystes, avec Freud et après Freud, ont considéré qu'il y avait une sexualité normale. Freud avait tenté de la définir : c'est la sexualité amenant, par les voies génitales exclusivement, un orgasme avec, en prime, une conception ou une conception avec, en prime, un orgasme. Et il est assez inquiétant de lire certaines lignes chez Freud ; je pense notamment à sa préface, qui mériterait d'être analysée, au compte-rendu sur la polyclinique psychanalytique de Berlin, qui à l'époque était dirigée par le sieur Eitingon... Cela s'appelle *« Bericht über die berliner psychoanalytische Poliklinik*[1] » – « rapport sur la polyclinique psychanalytique de Berlin ». Je vous en cite quelques phrases : le but de cette polyclinique était : *« Leidenden Menschen im Kampf um die Erfüllung der kulturellen Forderungen beizustehen »*, « aider les hommes souffrants dans leur lutte pour satisfaire les exigences culturelles ». Un peu plus loin, il nous donne ceci qui est un vrai poème :

1. Freud S. (1892-1939) *« Vorwort zu M. Eitingon. Bericht über die berliner psychoanalytische Poliklinik », Gedenkworte, Briefe und Vorreden*, G. W. XIII, p. 441. « Avant-propos au compte-rendu de M. Eitingon sur la polyclinique psychanalytique de Berlin », *Œuvres complètes*, t. XVI, PUF, Paris, p. 321.

> *« Zumal in unseren Zeiten erscheint dies als soziale Notwendigkeit, da die der Neurose besonders ausgesetzten intellektuellen Volksschichten unaufhaltsam in die Verarmung herabsinken »*,
> « D'autant plus qu'en notre temps ceci apparaît comme une nécessité sociale, car les couches de la population particulièrement exposées à la névrose, à savoir les intellectuels, glissent irrésistiblement dans la misère. »

On ne peut pas dire qu'il avait trop d'illusions sur l'avenir des intellectuels ! Mais pourquoi, par quelle aberration les maintenir dans leur statut et dans leur milieu d'intellectuels grâce à la psychanalyse ? J'espère qu'il s'agit là d'une pure dérision de Freud à l'égard de ses élèves les moins appréciés, avec lesquels nous savons qu'il n'était pas particulièrement tendre.

Ici, la loi que défend la psychanalyse, c'est la loi de l'adaptation à la culture et la défense de la culture, adaptation et défense qui se font dans le renoncement. Je renvoie ceux qui en douteraient au *Malaise dans la civilisation*[1]. Dès lors, la sexualité devient une sexualité de renoncement, ce qui pose d'emblée le problème de la sublimation des pulsions. Je ne suis pas convaincu que nous arriverons cette année à parler de la sublimation, ce terme si curieusement choisi par Freud. Il faut toujours entendre dans tous ces choix freudiens une note d'humour car il était tout de même trop intelligent pour confondre le sublime et la sublimation, aussi était-

1. Freud S. (1925-1931) *Das Unbehagen in der Kultur, G. W. XIV*. *Malaise dans la civilisation*, PUF, Paris, 1971.

ce un terme emprunté à la chimie. Vous savez que la sublimation en chimie consiste à mettre de l'iode dans un cristallisoir et de le retrouver quelque temps après au plafond du cristallisoir. Autrement dit, la sublimation consiste à faire monter à la tête ce qui était initialement prévu pour résider dans les génitoires. Et, dans un texte qu'on ne relira jamais suffisamment, à savoir : « On bat un enfant », *« Ein Kind wird geschlagen »* [1], se trouve une allusion à la sublimation qui amène Freud à se poser la question de savoir si ce qui freine la sublimation, si ce qui l'empêche n'est pas quelque chose qui tombe sous la coupe du refoulement.

Poser la sublimation en ces termes comme quelque chose qui ne peut avoir lieu en raison du refoulement nous dispense de rechercher la sublimation dans une quelconque idéalisation. La sublimation est en effet quelque chose qui s'applique exclusivement aux pulsions, et non pas à l'objet de ces pulsions. Ce qui fait que nous avons à entendre dans la sublimation la mise à la disposition du sujet de l'intégralité de ses pulsions et non une quelconque limitation, une quelconque inhibition de ses pulsions.

Cela nous amène à toucher du doigt le problème de la création et de la créativité. Grâce à quelques phrases malheureuses de Freud, l'immense majorité des analystes soutient ou est soutenue par une idéologie de la sexualité normale qui débouche sur la famille et ses rejetons. Le résultat en est justement l'établissement d'une structure perverse à côté d'une structure névro-

1. Freud S. (1917-1920) *« Ein Kind wird geschlagen », G. W.* XII. « On bat un enfant », *Névrose, psychose et perversion*, PUF, Paris, 1973.

tique et d'une structure psychotique. Car si quelqu'un a introduit la notion de structure perverse, je vous mets au défi de trouver quel psychiatre accuser, il s'agit exclusivement d'un méfait psychanalytique. Mais, du coup, après avoir établi l'existence de cette structure perverse, les choses reviennent dans l'ordre. On peut vivre à nouveau dans une société ordonnée. Le pervers est un être à part, un être d'une autre race. C'est cela que nous aurons maintenant à questionner.

La question est celle de la structure perverse, en prenant bien sûr pour commencer ce questionnement entrepris il y a quelques semaines : en quoi est-ce que cela intéresse les psychiatres en formation ? Sous l'égide instigatrice d'un laboratoire, il m'avait été transmis il y a quelques mois le désir desdits psychiatres en formation d'être informés – ça vient de « informe » – sur la perversion. Pour quelles raisons ? Il y a d'abord l'effet de la propagande et de la publicité. Dans la perversion, il pourrait y avoir du croustillant. On ne se prive pas de m'attribuer, chaque fois que c'est nécessaire, une large expérience de la perversion. Ce qui est intéressant, c'est de voir que les définitions de ces différents accusateurs changent selon le moment, peut-être selon la saison aussi. Donc, il y aurait éventuellement du croustillant dans la perversion. Qu'est-ce que c'est que le croustillant, sinon la mesure du manque d'imagination de celui qui a envie qu'on le fasse croustiller ? Le manque d'imagination ne permet pas à nos psychiatres en formation d'inventer des scénarios pervers qui dépassent le cadre conjugal ou à peine extraconjugal. Aussi, est-ce le terme « en formation » qu'il faut retenir.

Là encore je lancerai un appel aux historiens de la perversion, car c'est bien là-dedans que ce terme entre. Qui a inventé l'expression de « psychiatre en formation » ? Elle n'est tout de même pas née dans nos Marches de l'Est, car là encore on aurait pu admettre que soit méconnu le sens du « en formation ». « En formation », pour les médecins français, cela a toujours voulu dire « en période de puberté ». Il suffit d'assister à n'importe quel examen par des médecins causant français ; ils ne demanderont pas à la jeune fille qu'ils sont en train d'examiner : « Est-ce que vous avez vos règles ? », ils lui demanderont : « Est-ce que vous êtes formée ? »

Du coup, parler de psychiatres en formation prend un nouveau sens. Et on comprend peut-être, étant donné leur proximité d'âge avec la perversion polymorphe, cette furie de prendre des pervers en psychothérapie. Déjà en psychanalyse je vous ai montré que cela posait quelques problèmes et que ceux qu'on recevait, c'était, comme on dit très joliment dans le langage psychologique, des pervers décompensés. On se demande à quoi ils pensent !

Ces pervers décompensés relèvent-ils d'une analyse ? Déjà une psychothérapie sur une névrose normale – passez-moi la tautologie, parce que c'en est une – c'est quelque chose pour le moins de douteux ; qu'est-ce que ça peut bien devenir pour une perversion ? Que leur veut-on à ces malheureux pervers ? Qu'est-ce qu'on va leur faire ? Heureusement le pervers n'est pas né de la dernière pluie et il sait fort bien que c'est lui qui aura le dernier mot, que c'est lui qui prendra dans ses rets le psychiatre en formation et même celui qui est déjà déformé et, dans son ignorance même, facile à repérer. Mettez-vous donc simplement dans la peau d'un malade et allez consulter un psychiatre ; vous verrez qu'il n'est pas difficile de mettre en évidence combien il nage quand il interroge quelqu'un. Son recours à la terminologie savante et aux grands airs ne sert à rien, cela ne trompe que lui et encore, très peu. Le pervers a vite repéré que le psychiatre ne sait absolument pas où il va et il devient passionnant pour lui de voir jusqu'où le psychiatre pourra aller. Ce qui fait que, lorsqu'on parle de psychothérapie de pervers, il faut tout de même se souvenir qu'il existe quelque chose qu'on appelle un génitif subjectif et un génitif objectif.

Qui est pris en charge psychothérapique par l'autre ? Je pense vous l'avoir maintenant suffisamment démontré. C'est pourquoi les pervers sont extrêmement précieux car ce sont eux qui forment les psychiatres. Je laisserai de côté toutes les excuses habituellement invoquées par les psychiatres en formation pour justifier leur prise en charge par les pervers. Qu'est-ce qu'on entend habituellement ? Pourquoi prend-on un homosexuel en psychothérapie ? Pour lui permettre d'assumer son homosexualité, répondent les psychiatres en formation. Mais étant donné l'inversion que j'ai soulignée tout à l'heure, et le terme me paraît fort bien choisi, on se repose la question : l'homosexualité de qui ?

Si j'ai introduit dans l'histoire de la perversion la fonction du miroir, la fonction spécifique du miroir pour le pervers, il est tout à fait certain que se reconnaître pervers soi-même n'est nullement un diagnostic, c'est effectivement le premier pas à franchir pour mobiliser un peu les valeurs figées et fixées que l'on exige à l'entrée de la carrière psychiatrique ou même psychanalytique. Vous savez que, dans les bonnes écoles de psychanalyse, on est soumis à un examen prénuptial avant de s'engager dans la carrière. Cet examen prénuptial, exigé par la Société internationale de psychanalyse, nommée IPA – ce n'est pas, comme vous pourriez le penser, une grosse firme industrielle, c'est au contraire quelque chose qui est assez proche, heureusement, de la banqueroute –, cette société internationale de psychanalyse soumet, selon les régimes, selon les régions, selon les époques, les candidats à la psychanalyse à un examen préalable pour voir aujourd'hui si dans quelques années ils seront bons pour la psychanalyse. Aucun de ces examinateurs prénuptiaux n'a jamais pu dire sur quels critères il se fondait pour affirmer : « Untel sera psychanalyste et Untel ne le sera pas. » Ce qui est sûr, c'est qu'ils ont choisi des gens qui leur renvoient d'eux-mêmes une image agréable, méconnaissant parfaitement ce qu'est le miroir.

Pourquoi est-ce qu'on prend quelqu'un en psychothérapie ? Parce que ça paie, pourquoi pas ? Cette raison me paraît tout à fait valable. Mais me dire que c'est pour le bien du pervers, c'est se mettre le doigt dans l'œil. Parce que cela nous intéresse, pourquoi pas ? Cela me paraît en effet la raison la plus légitime, parce que celle-là au moins est au contact du désir, fût-ce le désir d'apprendre, fût-ce le désir d'en savoir un peu plus. Bien sûr, il est encore trop tôt pour dire à tous ces gens en formation ce qu'on veut apprendre. Qu'est-ce qu'on veut savoir ? Si je le disais, on ne me croirait pas. Mais enfin, nous en sommes arrivés au désir.

Qu'est-ce que c'est habituellement que le désir ? J'annonce ainsi un nouveau chapitre de nos entretiens, intitulé « Du désir ».

Désirer, c'est former un projet et tenter de le réussir. Le psychiatre en formation a servi d'exemple parce que j'en fréquente quelques-uns et ce goût pour la psychanalyse fait que le psychiatre en formation est de plus en plus « analisé », c'est-à-dire que ce qui l'intéresse, c'est la production anale. Il ne s'intéresse pas à autre chose qu'à réussir le plus vite possible, il ne pense qu'à sa carrière, à l'argent, éventuellement aux honneurs. Mais qu'est-ce que c'est que réussir ? Si nous voulons définir le désir ou y accéder, il nous faudra passer par ce défilé de signifiants saisi dans le terme « réussir ».

Réussir, c'est un terme qui a fonctionné, peut-être un peu moins aujourd'hui, mais qu'on utilise encore dans l'intimité. Ce terme, imposé par la société, signifie en général avoir beaucoup d'argent ou une place au soleil, cela dans un premier temps, car il faut bien se demander tout de même pourquoi cette envie de réussir ? Eh bien, tout d'abord, pour faire plaisir à maman ! C'est elle qui veut que ses enfants réussissent, qui veut que l'ombre de son fils s'étende sur le monde, l'ombre de son phallus. C'est la mère qui veut cela et elle compte sur le fils pour le faire. Et si le fils est une fille, eh bien, on l'élèvera comme si elle était un fils, ce qui n'ira pas sans lui poser quelques problèmes, mais on en fera un fils, souvent d'ailleurs de bien meilleure qualité que les fils originels, car chacun sait qu'élever une chatte, c'est plus facile qu'élever un matou.

Je ne vais pas vous rebattre les oreilles avec les mères, avec la manière dont elles mettent la main sur leurs enfants, je vous dirai simplement ce qu'elles attendent de ces enfants. Eh bien, elles attendent l'impossible, à savoir d'être faites femmes par ces enfants, c'est-à-dire que leurs enfants leur disent « Non » ou « Merde ».

11 février 1974

6

Du désir

Je vais essayer de faire un pas, qui doit être un pas capital dans l'ordre de la compréhension d'une part et dans celui du travail clinique de l'autre.

Nous nous étions arrêtés précédemment à la question du désir, que j'avais défini comme tentative d'une réalisation, tentative d'une réussite. Cela exige que nous entendions ce que le terme de réussite désigne ou cache. Réussir, en fait, j'avais commencé à vous rappeler que cela signifiait « faire plaisir à maman ». Nous verrons plus loin ce qu'il faut entendre par signification. Je m'en étais pris un petit peu aux psychiatres prépubères, parce que cette conception des mères responsables, ce n'est pas autre chose qu'un symptôme supplémentaire de l'inaccomplissement paternel. Les pères qui n'accomplissent pas quoi... ? L'inaccomplissement, c'est quelque chose qui se glisse dans l'œdipe, qui vient le perturber à partir du moment où Hamlet est concevable. Qu'est-ce qui distingue Œdipe de Hamlet, dès lors que tout le monde sait que ce dernier est une figure œdipienne ? Bien sûr qu'il est une figure œdipienne, seulement il fourgue au tonton de service la charge de baiser la mère et de tuer le père : c'est une différence qui compte. D'aucuns diront : on lui a barboté ses bonnes intentions. Autrement dit, c'est quelqu'un qui n'a pas réussi, Hamlet. Et si vous vous souvenez de la définition de la réussite, à savoir « faire plaisir à maman », en effet, il n'y a pas réussi, lui ; du coup, elle est allée chercher quelqu'un d'autre, parce que papa non plus n'y avait pas réussi.

Que demandent les mères ? Les mères demandent à leur fils, à leur fille, à leur bébé, de leur faire plaisir et ça devient tellement rebattu, tellement rabâché qu'on n'a plus la possibilité de voir dans cette demande des mères ce qui est caché derrière. Ce qui est caché derrière, c'est justement une demande tout autre. Non pas une demande de plaisir immédiat mais, au contraire, une demande de différer ce plaisir dans un avenir douillet et sûr, cet avenir qui vous est proposé si vous faites de temps en temps les autoroutes allemandes, par de grands placards où l'on peut lire : *« Bis sechzig arbeiten und dann lehen »*, « Travailler jusqu'à soixante ans et après ça, vivre ». Là, vous pouvez être tranquilles, ce ne sont pas les mères qui ont inventé ces placards, ce sont les pères ; car ce qui se glisse dans l'inaccomplissement paternel, ce qui va de pair avec le renoncement de l'œdipe, c'est de toute évidence le souci du lendemain. Quand on renonce à jouir aujourd'hui, on se demande ce qu'on fera demain. Et pour que demain ne s'impose pas encore le désir sous une forme ou une autre, on bouche le trou dans lequel on risque de chuter par la nécessité de mettre de l'argent de côté pour ses vieux jours. Ce qui fait que nous vivons dans un monde empesté par les vieux jours ou, c'est la même chose, par les jours des vieux.

La frousse des pères devant le lendemain, la frousse des pères devant leurs désirs, devant leur femme, devant les femmes, devant leurs responsabilités, cette peur devant ce que demandent les femmes, c'est bien ce qui caractérise l'homme d'aujourd'hui. Le résultat est très simple : nous sommes tellement enfoncés, engoncés dans l'inaccomplissement, que l'homme d'aujourd'hui est toujours un peu – et je suis indulgent – enfant devant la femme. Les demandes adressées par les mères, ça pourrait avoir l'air d'être la même chose. En fait, il n'en est rien. Parce que ça ne manque pas, les mères qui désirent pour leur fils la même chose que les pères, c'est-à-dire la sécurité. Mais en fait, et je vous renvoie à l'une des plus connues de ces mères, à savoir Sophie Portnoy, ce qu'elle voulait pour son fils, beaucoup plus que l'argent, c'était la gloire prête à rejaillir sur elle dans le mouvement de rabattement et de redoublement que je vous ai fait saisir, que je vous ai fait toucher du doigt, dans la recherche de la jouissance hystérique. Cette hystérique qui compte sur la perfection de la jouissance, c'est encore elle qui demande que la perfection lui soit apportée par l'enfant, non pas la perfection dans la réussite financière, mais la perfection dans tout ce qui peut s'exhiber, s'arborer : des diplômes par exemple.

Il y a donc toujours un certain risque car, à la recherche de la gloire, on peut se casser la gueule. C'est ce qui différencie la demande maternelle de la demande paternelle : la demande paternelle dans l'inaccomplissement, car il faut toujours rappeler que c'est de celle-là qu'il s'agit. Ce sont toujours des pères inaccomplis, inachevés, incomplets, des pères ratés, comme tous les pères aujourd'hui, ce sont ces pères-là qui attendent quelque chose de leurs enfants. Parce que autrement, grands dieux ! qu'est-ce qu'un père peut bien attendre de ses enfants, sinon qu'ils vivent coupés de lui et séparés de lui ?

Ce sont donc ces pères dans l'inaccomplissement qui attendent quelque chose de rassurant. Les mères, par contre, n'hésitent pas, elles, à exposer la vie de leurs enfants. Chose qui différencie la femme de l'homme : la femme va jusqu'au bout, elle prend des risques, les risques du désir. Alors que l'homme ne les prend pas. Ce n'est que lorsqu'elles échouent, elles aussi, dans une identification masculine repérée dans le *Penisneid* de la mère, qu'apparaît chez elles la phobie ou la peur. Si l'enfant prend cette demande au sérieux, nous tombons dans la névrose, c'est-à-dire dans la forme la plus usuelle, la plus habituelle de la structuration actuelle.

Le névrosé, je vous le rappelle, est celui qui prend la demande de l'autre pour son désir à lui. Je n'insisterai pas beaucoup en passant sur ceci : le désir de réussir est un désir où l'on sait ce qu'on veut. Ce qui se passe lorsque ce qu'on veut est atteint est une autre histoire, dont on ne sort pas sans casse d'ailleurs. Il s'agit en effet de casser tout ce qui a été engagé par la demande.

Mais il peut tout de même arriver que quelqu'un désire en son nom ; ce serait pour moi un sujet normal. Il faut bien que vous soyez aptes à repérer cliniquement ce qu'est un sujet normal, parce que vous en verrez en consultation : ils sont tellement rares qu'ils se croient fous et ils viennent voir le psychiatre. Le sujet normal, c'est donc quelqu'un qui veut quelque chose, mais qui veut quelque chose pour lui. Et comment distingue-t-on quelqu'un qui veut quelque chose en son nom de quelqu'un qui veut quelque chose pour maman, voire pour papa ? Eh bien, il veut quelque chose, mais il ne sait pas quoi ; la seule chose qu'il sait, c'est qu'il veut.

Ça ne veut pas dire qu'il ne sait pas ce qu'il veut, mais que son désir est disponible. Il ne sait pas d'avance ce qu'il va désirer. Il se découvre désirant en même temps qu'apparaît pour lui l'objet, je dirais presque dans le champ de son regard, de son regard désirant. Il prend le risque de laisser son désir se fixer sur quelque chose qui peut apparaître et qui n'est pas encore là. La précipitation ou la hâte habituelle de fixer le désir sur le premier objet venu, et de préférence un objet balisé, repéré d'avance, cadré, situé socialement, ce désir repéré d'avance est justement une protection contre le désir.

Le risque du désir, c'est de pouvoir choisir un objet décevant ou un objet dangereux et de le vouloir malgré tout. Et nous sommes amenés ainsi au problème de l'objet et des effets de son obtention.

J'ai voulu vous rendre perceptible qu'il n'y a pas au départ d'objet précis pour le désir : le désir est préalable à l'objet. Nous verrons qu'il est erroné – je l'ai déjà dit, je le remets ici à sa place – de considérer que l'on désire tel objet parce qu'il est désirable. Ce serait un peu comme l'opium qui fait dormir parce qu'il a une vertu dormitive. Je désire tel objet ou telle personne parce que cet objet est désirable. La chose effrayante, c'est que ça ne choque personne. Or, ce n'est pas parce qu'un objet est désirable que je le désire, c'est parce que je suis désirant et que mon désir va se fixer à n'importe quoi, à n'importe qui. N'importe quel tableau peut fonctionner dans le désir, dans l'œil désirant, dans le regard désirant du collectionneur de tableaux, n'importe quel tableau peut devenir objet désiré, qui se superpose ici à l'objet désirable.

Vous voyez l'effort que je fais, on commence à s'approcher. On pourrait objecter et dire que ce n'est pas vrai, justement, que le collectionneur a déjà balisé son champ de désir et qu'il veut tel tableau, de telle époque, de tel peintre, de tel format. Pourquoi pas ? Seulement, dans cet escamotage du désir, on oublie qu'en fait il est d'abord désirant, c'est-à-dire qu'il est d'abord amateur de tableaux et qu'après cela il peut choisir.

Ce n'est pas toujours contraire au désir, qu'après s'être reconnu désirant, on ait fait l'expérience que certains objets sont plus aptes que d'autres à satisfaire ce désir. Parce que le désir, ça peut se satisfaire. Et c'est là qu'on va repérer justement la différence entre le désir et la demande. Seulement, cela ne se repère pas d'avance ; cela se repère dans l'après-coup, après que l'objet du désir a été acquis – et même possédé dans certains cas –, ce n'est qu'après coup que se repère une éventuelle déception ou une satisfaction. La satisfaction vient marquer qu'il s'agissait en effet d'un désir en son nom, alors que la déception vient trahir que l'on a perdu ce que l'on croyait être son désir et qui n'était que la demande d'autrui, qui ne peut évidemment laisser au sujet aucun sentiment d'être satisfait.

J'introduis le sujet, car ce n'est qu'à partir de ce moment-là que quelque chose peut fonctionner comme sujet de l'inconscient. Lorsqu'un désir ou des désirs ont été réalisés, quelque chose vient se constituer, du moins dans ce qui est accessible au sujet, à l'être humain, à savoir quelque chose où il va repérer je dirais presque son être, son être de sujet de l'inconscient. C'est après le désir et après le désir satisfait que se structure l'inconscient. Le sujet de l'inconscient, c'est la trace des désirs satisfaits. Je vous avais proposé une autre formulation, « le cénotaphe » des désirs passés, c'est-à-dire le tombeau vide, car les désirs se dépassent peut-être, mais le désir reste constamment vivant et ne fait que changer de forme. Si le terme d'avatar a un sens – c'est amusant d'ailleurs de voir qui connaît le sens du terme avatar qu'on aime tellement employer, demandez à vos voisins[1], c'est bien au désir qu'il s'applique, qui renaît constamment sous une autre forme.

La déception est donc le symptôme qu'il s'agissait d'une demande, et c'est dans l'après-coup que s'évalue l'éventuelle aliénation du désir. Cet après-coup n'est pas sans effet cliniquement. Cet après-coup déçu vient donner cette pseudo-exigence, essentielle à certains, qui nous concerne tous et surtout les médecins car, la plupart du temps, les malades auxquels nous avons à faire – quelle que soit la discipline médicale dans laquelle nous travaillons et ce n'est pas notre idéologie seule qui le leur impose – viennent nous demander de prolonger leur vie. Or, cette demande de prolongation de la vie ne traduit nullement, comme on pourrait le croire, le souci de ménager le temps le plus long possible pour l'accomplissement de nouveaux désirs. C'est au contraire la revendication d'un temps aussi long que possible pour différer l'accomplissement du désir. Celui qui est capable de satisfaire ses désirs n'a pas le souci de vivre longtemps. La peur de la mort, la peur de la maladie – et c'est l'expérience la plus banale qu'on puisse faire – ne se trouvent que chez ceux qui, justement, comme on dit, n'ont pas vécu, la vie n'étant pas autre chose que la satisfaction d'un désir.

1. Au sens propre (1801) : « incarnations successives des divinités chez les Hindous » ; au sens figuré (1851) : emprunté du sanscrit *avatara*, « descente (du ciel sur la terre) », d'après Bloch et Wartburg, PUF, Paris, 7e éd., 1986.

La conquête de l'objet, c'est peut-être cela qu'on peut désigner par le terme de jouissance, au sens tout d'abord de jouir d'une propriété, mais ce n'est pas le seul sens.

Nous allons plonger maintenant un peu vers les racines du désir, car j'ai parlé du désir jusqu'à présent comme d'une donnée, sans m'interroger sur son origine. Il est difficile de contester une origine vitale au désir – vitale au sens biologique –, quelque chose comme l'instinct, pour parler grossièrement. Ce n'est pas que cet instinct soit perdu chez l'homme, chez l'être humain, mais il est inexprimable, du moins directement. Il est obligé, pour s'exprimer, de passer par la parole, la chair qui se fait verbe, et c'est sur ce primat de la parole que les psychanalystes désincarnés se précipitent, allant même jusqu'à vouloir voir dans la parole l'origine même du désir. Ce qui est une méconnaissance radicale de ce que Lacan a appelé « le primat du signifiant », parce que ce primat du signifiant, c'est justement le primat du non-sens, le primat d'une parole qui attend pour se réaliser que quelque chose vienne sous le signifiant. « Venir » signifie soit tenir lieu de signifié, soit même être ce signifié.

L'origine du désir, que les théories structuralistes en psychanalyse situent justement dans le manque, n'est pas la perte de quelque chose. On n'est pas désirant parce qu'on a perdu quelque chose, on n'est pas désirant non plus parce qu'on se découvre incomplet, on est désirant parce qu'il existe biologiquement des pulsions devant lesquelles nous ne pouvons que décliner notre ignorance.

Ce n'est en effet qu'à partir de ce point de reconnaissance d'une ignorance qu'il sera peut-être possible de les saisir. Car elles sont là, les pulsions, avant le désir et, partant, avant la jouissance. Mais le langage, maintenant, si nous voulons nous en servir, il y a lieu de vous arracher aux mystifications habituelles qui le concernent et c'est déjà une mystification que de soutenir qu'il n'y a qu'une sorte, qu'une forme de langage. Il est tout aussi mystifiant de dire que le langage ne signifie rien et qu'aucun message ne peut être transmis. Et c'est là où nous avons à recourir à la linguistique qui distingue deux sortes de langage, deux niveaux de langage et même deux langages différents : le langage de « désignation » et le langage de « signification » ; les termes allemands pour désigner ces deux langages sont plus parlants, plus évocateurs : le langage de désignation, c'est la *Bezeichnung* et le langage de signification, la *Bedeutung*.

Le langage de désignation se sert bien entendu de mots, de termes ; il désigne des objets précis. Il peut y avoir, en effet, un usage du langage dans lequel le signifiant appelle un signifié précis, c'est le cas du langage de commandement : si je demande à quelqu'un de me passer la moutarde ou de fermer la porte, il n'y a pas tellement d'hésitation sur ce que j'attends ; quand je nomme quelqu'un dans un groupe, il n'y a pas non plus tellement d'hésitation sur la personne nommée ; et quand je désire informer un interlocuteur sur le temps qu'il fait ou sur telle ou telle connaissance en biochimie, là aussi, entre le signifiant que j'utilise et le signifié que je désire véhiculer, il n'y a pratiquement pas de différence ; c'est pourquoi j'ai désigné le langage de désignation comme un rapport dans lequel le signifiant et le signifié sont cohérents, un rapport qui se désigne par l'unité :

$$\text{désignation : } \quad \frac{\text{signifiant}}{\text{signifié}} \to 1$$

Mais il existe aussi un langage de signification. Je me suis un peu creusé pour trouver des exemples de ce langage et, comme toujours ou comme souvent, j'ai cherché ces exemples chez les caricaturistes et les dessinateurs humoristiques. Il n'y a pas de terme français pour les désigner d'ailleurs. Dans les campagnes pour la restauration de la langue française, il ne serait pas sans intérêt, pour désigner ces gens dont on apprécie trop peu le génie, de trouver un terme français pour désigner les *cartoonists*, les fabricants de *cartoons*. C'est chez l'un d'eux que j'ai trouvé un exemple particulièrement saisissant parce que pris sur le vif et avec un peu de veine autobiographique, un exemple du langage de signification. À propos de ces termes de « désignation » et de « signification », vous trouverez toute une série de termes proposés pour distinguer ces deux langages, je n'ai pas de raison précise de privilégier cette terminologie plutôt qu'une autre, ce qui compte, c'est de repérer les deux catégories.

C'est chez un dessinateur du nom de Bosc, que vous connaissez probablement, que j'ai trouvé, dans un album intitulé *« Je t'aime »*[1], l'exemple que je cherchais. La situation en question représente une plage et puis une dame en train de se faire bronzer au soleil et un monsieur à côté, non loin de là. La bande dessinée consiste en la répétition de ce même dessin sur une douzaine ou une vingtaine de croquis avec, chaque fois, une bulle qui émane du monsieur dans laquelle on voit les différentes façons dont le monsieur envisage d'en-

1. Bosc, *« Je t'aime »*, Albin Michel, Paris, 1969.

trer en relation avec la dame. Ça commence par : « Alors, on est en vacances ? » – un peu banal –, puis, il y a plusieurs phrases qui défilent : « Voudriez-vous une cigarette ? » – peut-être qu'elle ne fume pas –, « Vous avez le profil grec », là je déforme un petit peu, mais vraiment, c'est cela qui défile dans les bulles, c'est toute une série de techniques, chacun peut y ajouter ses techniques d'abordage habituelles ou ses échecs – ça marche aussi. Par exemple : « On va à l'eau, vous devez nager comme une sirène » ; ça me paraît aussi un peu pompier. Puis il continue à faire défiler ses phrases types, ses phrases racolantes, collantes, jusqu'au moment où, bien sûr, survient un troisième larron qui a sans doute dépassé ce stade, qui a déjà constitué un sujet, autrement dit qui a donc parfois satisfait ses désirs et qui dit à la femme : « Alors, on est en vacances ? », et la femme répond : « Oui, et vous ? »

C'est cela, le langage de signification, parce qu'en effet les phrases utilisées n'ont aucune espèce de rapport avec ce que le sujet veut dire. Ce qu'il veut dire, ma foi, les circonstances lui permettraient peut-être de le dire s'il le savait, parce qu'en fait, il ne le sait pas encore. Il voit une femme qui lui plaît sur la plage, il veut se l'envoyer, pourquoi ne lui demande-t-il pas directement : « Est-ce qu'on va tirer un coup ? » Là, on peut se poser la question : est-ce qu'on serait dans le langage de désignation ? Il faut tout de même savoir si c'est cela qu'on veut ; ça peut être fonction de la réponse. Si elle a une voix de corbeau ou de crécelle, il n'est pas exclu que ça fasse déchanter notre parleur ou si elle lui dit qu'elle a un BW positif ou autre chose de ce genre. Il y a des moyens de fournir des réponses qui font réfléchir sur la réalité du désir. Autrement dit, il est question d'une phrase qui peut être entendue au niveau de la désignation, car une affirmation ou une question comme « Alors, on est en vacances ? » peut tout à fait être entendue dans le langage de désignation. Vous êtes surpris de rencontrer votre voisin de palier, vieux monsieur barbu, dans la ville où, justement, vous passez vos vacances. La question « Alors, on est en vacances ? » devient une question de désignation ; on peut en effet s'informer pour savoir s'il est là pour ses vacances, pour affaires, pour une cure, pour n'importe quoi, sans qu'il y ait aucun piège dans cette question. Ça ne vient nullement lui signifier que vous demandez autre chose de lui que cette information. Mais, dans la situation dépeinte par le caricaturiste et surtout dans la répétition et la multiplication des phrases types citées pour entrer en relation avec la femme qu'il voit à côté de lui, cette multiplication des phrases a pour seul sens, pour seule signification, de prouver leur vacuité ; ce ne sont en aucun cas les mots qui constituent ces phrases qui donnent une signification quelconque ; la signification n'est pas là, elle est rejetée et la plupart du temps inconsciente. Autrement dit, le signifié ici est pratiquement nul. C'est pour cela que j'ai formulé ce langage comme un rapport :

$$\text{Signification : } \frac{\text{signifiant}}{\text{signifié}} \rightarrow \infty$$

Ce rapport tend vers l'infini étant donné la quasi-nullité du signifié, mais en même temps cette formule nous introduit à ce qu'est littéralement l'inconscient, à savoir une source ou un réservoir ou un lieu plus exactement de signifiés non signifiables, une source où s'articulent peut-être ces signifiés refoulés avec l'origine même des désirs, c'est-à-dire avec les pulsions, ce qui se situe en un lieu désigné par Groddeck et repris par Freud comme le « Ça »[1]. Et surtout cette duplicité du langage, cette duplicité entre la désignation et la signification, c'est ce qui nous introduit à ce fondement essentiel de la psychanalyse, à savoir la *Spaltung*, la refente, la division.

Le fait que le même langage puisse aussi bien désigner un objet précis que signifier quelque chose qui n'est pas exprimable autrement nous maintient constamment dans la possibilité de glissement, de méconnaissance de l'un des langages par l'autre, cette possibilité qui fait qu'automatiquement, lorsque nous nous plaçons à l'un des niveaux, nous méconnaissons l'autre. Et s'il est une façon de préciser en quoi consiste le travail de la psychanalyse, c'est justement de repérer l'autre langage méconnu à l'un ou l'autre instant. Cela peut fonctionner dans les deux sens ; en général, ça fonctionne en soulignant la signification ratée, oubliée, refoulée, mais parfois aussi on se réfugie dans la signification alors qu'un signifié redoutable est là sous la main.

C'est probablement ce que nous avons de plus important à retenir et dont nous aurons à nous servir constamment, que nous aurons à ne jamais perdre de vue, cette distinction entre les deux langages et cette formulation du langage de signification dans lequel le signifié refoulé vient constituer l'inconscient. Cela ne veut pas dire que le signifié, une fois rendu à la parole, ne puisse

1. Le terme de Groddeck a été repris par Nietzsche puis par Freud.

pas à son tour devenir signifiant, mais ça, c'est une autre paire de manches.

La tâche la plus importante maintenant est d'essayer de préciser ce qu'est ce signifié refoulé ou inaccessible, ce signifié dans lequel nous allons tenter de saisir la précipitation dans le discours de la pulsion, le point où la pulsion se saisit dans le discours. Ce point a été repéré très tôt par Freud et c'est ce qu'il a appelé le fantasme, *« die Fantasie*[1] *»*. Le fantasme, il le décrit comme un être nègre blanc, participant de deux domaines à la fois, du domaine biologique et du domaine verbal. Le fantasme, nous ne le rencontrons pratiquement jamais à l'état pur, nous sommes, à son égard, dans la position où se trouvent les linguistes, les philologues plutôt, lorsqu'ils théorisent sur l'origine de nos langues – les langues de notre ère culturelle – et imaginent à l'origine de ces langues une langue perdue, l'indo-européen, qu'on ne retrouverait que par l'existence de ses traces.

Il en va de même du fantasme. Nous ne le saisissons jamais directement ; nous en saisissons des rejetons. Ces rejetons vont amener toutes les productions de l'inconscient, productions imaginaires, bien sûr, dont nous avons la possibilité d'extraire un lien articulable à autrui, à savoir la dimension symbolique.

Laissons cette dimension symbolique et revenons à

1. Freud S. (1900) *Die Traumdeutung, G. W.* II/III, 625. Freud S. (1901) *« Über den Traum », G. W.* II/III, 680. Freud S. (1905) *Drei Abhandlungen zur Sexualtheorie, G. W.* V, 65. Freud S. (1908) *« Hysterische Phantasien und ihre Beziehungen zur Bisexualität », G. W.* VII, 1923. Freud S. (1915) *« Das Unbewusste », G. W.* X, 290. Freud S. (1916-1917) *Vorlesungen zur Einführung in die Psychoanalyse.*

ces productions imaginaires comme, par exemple, les rêves qui mettent en jeu le fantasme mais sous la forme de dérivés qui font apparaître les *Entstellungen*, les transformations du fantasme par le biais d'un travail, le travail du rêve, et qui sont non pas ces dérivés, mais les forces en jeu dans le travail, les processus primaires, à savoir le déplacement, la condensation et l'égard à la figurabilité, *Rücksicht auf Darstellbarkeit*, écrivait Freud[1]. Ces processus amènent à l'idée manifeste du rêve, le contenu latent se situant à l'articulation entre processus primaire et processus secondaire. On n'a pas la possibilité de remonter au-delà, vers quelque chose qui serait le fantasme, dont je vous écris la formule donnée par Lacan : $\$ \diamond a$

Le « S barré », c'est, vous le savez, le sujet de l'inconscient, le sujet inaccessible à soi-même. Je vous ai indiqué tout à l'heure comment quelque chose du sujet peut être saisissable pour chacun de nous, à savoir dans la reconnaissance, dans l'après-coup de la satisfaction d'un désir. Et le « petit *a* » représente l'objet cause du désir. Ce *a* peut fort bien représenter la pulsion ; il est suffisamment imprécis pour qu'il se prête à tous les développements théoriques. Ce qui est important, c'est de repérer que, dans ce cartouche où se résume le fantasme, il y a un sujet, un objet et puis un signe, une espèce de losange qui résulte de l'addition des signes de l'inclusion, de l'exclusion, du crescendo et du decrescendo – vous pouvez en trouver d'autres, ils sont tous bienvenus –, c'est-à-dire que dans ce poinçon s'inscrivent toutes les formes possibles de relations

1. Freud S. (1900) *Die Traumdeutung, op. cit.*, p. 349 et p. 551-552.

entre le sujet et l'objet, c'est-à-dire toutes les formes de désir. Ou, plus exactement, dans ce poinçon vient se prendre la pulsion qui subit ainsi, par la présence d'un sujet et d'un objet, une concrétisation, une mise en forme, qui vient faire du fantasme, justement, cette articulation entre les domaines du biologique et du pulsionnel, entre le domaine vital et le discours. Car c'est à partir du moment où ce fantasme va fonctionner que les processus primaires et secondaires, qui sont des processus de transformation verbale, vont pouvoir amener dans le discours du sujet ce que nous aurons à y retrouver, à savoir ces moteurs perdus totalement inconscients, pour tenter de les restituer à la disposition du sujet.

La différence entre le fantasme et la pulsion, c'est que dans le fantasme le sujet et l'objet apparaissent et ici le simple raisonnement nous permet d'affirmer que l'objet, le « petit *a* », pris dans le fantasme, ne saurait en aucun cas être un objet pris dans le futur. Il n'y a aucune possibilité, aucune transcendance qui vient inscrire, dans le sujet ou dans le fantasme du sujet, un objet futur. L'objet est donc forcément pris dans l'actuel du sujet au moment où se constitue le fantasme, c'est-à-dire aux tout premiers moments de la constitution de la personnalité. Ces objets dont nous avons déjà parlé, notamment l'an dernier, sont les objets de la demande : demande du sujet ou demande de la mère, objets qui apparaissent simultanément, ce qu'on représente par le sein étant la demande du sujet et les excréments la demande de la mère. Mais ici, l'intrication de la demande de l'un et de l'autre est absolue, car il n'y aurait pas de demande de manger de la part de l'enfant s'il n'y avait pas, de la part de la mère, une demande de nourrir ; il n'y aurait pas de demande de l'objet déféqué de la part de la mère s'il n'y avait pas justement cet objet fourni ou proposé par l'enfant.

Donc, l'objet contenu dans le fantasme est forcément un objet du passé, nullement l'un de ces objets dont un modèle quelconque d'adaptation sociale voudrait nantir le sujet, c'est-à-dire avec lequel il ou elle va pouvoir constituer un couple. L'objet du fantasme est toujours un objet périmé, dépassé, un objet habituellement rejeté de la vie adulte, autrement dit et je m'arrêterai là, le fantasme est toujours un fantasme pervers.

18 février 1974

7

Verpönung

Je reviens au point où j'en étais resté l'autre jour, à savoir cette affirmation que tout fantasme était pervers, et je l'avais justifiée par le repérage de l'objet même du fantasme, de l'objet contenu et lié dans le fantasme du sujet de l'inconscient par un désir. Cet objet est repéré initialement par rapport à une demande, demande qui est à la fois, bien qu'inversement, demande *et* de l'enfant *et* de la mère. Cet objet est donc désigné pour cacher quelque chose. Ça, nous le verrons par la suite. Cet objet est un objet repéré dès les premiers jours de la constitution de la personnalité, je ne dis pas encore du sujet.

Pourquoi est-ce qu'on peut dire que cet objet du fantasme est pervers ? Nous allons le retrouver par un autre biais en nous interrogeant tout d'abord sur le désir pervers lui-même : je vous rappelle que nous sommes au chapitre des généralités intitulé : « Désir ». Le désir du pervers, ou plutôt le désir pervers, qu'est-ce que c'est ? C'est un désir qui n'a pratiquement pas subi l'*Entstellung*, la déformation par les mécanismes, par les processus primaires ; un désir qui apparaît tel quel dans la conscience et qui est mis en œuvre, qui est mis en acte ; comment se fait-il qu'un désir, qu'une représentation, qu'une représentation d'objet désirable ne subisse pas la transformation, l'*Entstellung* ? Comment se fait-il plutôt que l'immense majorité des objets désirables soit transformée, rendue méconnaissable par l'*Entstellung* ? C'est là le problème qui va nous arrêter quelque temps.

Jusqu'à présent, j'étais assez ennuyé car je n'avais pas trouvé la référence freudienne qui m'était indispensable pour asseoir mon développement. En effet, que faut-il pour qu'un objet quelconque subisse l'*Entstellung*, la transformation – je ne fais pas pour l'instant le rapport ou la relation éventuelle entre la transformation et le refoulement – qui fonctionne dans le travail du rêve, dans la transformation de ce qu'on appelle banalement les contenus latents en images manifestes ? Qu'est-ce qui fait que des mécanismes transformatoires, des processus déformatoires prennent ces contenus latents pour les transformer ? Comment l'enfant peut-il repérer que certains objets ne doivent pas apparaître dans le discours direct ni dans la conversation de salon ? Tout simplement parce que ces objets sont marqués très précocement par les manifestations de dégoût de la mère ou d'un personnage investi d'une importance égale, et c'est pour cela que j'ai introduit le terme de *Verpönung*.

Verpönen, le verbe, c'est « honnir ». Le substantif est plus difficile à trouver, le substantif usuel étant « honte ». Ce n'est pas exactement le sens de la *Verpönung*, la condamnation par le dégoût, par l'abjection. La *Verpönung* nous introduit du côté de la *Verdrängung*, de la *Verwerfung*, de la *Verleugnung*, à savoir du côté du refoulement, du déni, du côté de la forclusion.

Cette *Verpönung* qui fonctionne presque toujours

dans la formation de la langue et dans la sélection des objets aimables, je l'ai enfin trouvée chez Freud dans une relecture de « On bat un enfant [1] », où apparaît, à la page 209 du texte allemand, le terme *« die Verpönte »*, la relation génitale honnie.

Il se peut en effet – mais ce serait largement anticiper sur ce que nous aurons à dire – que ce qui est honni, ce soit la relation génitale ; mais ce n'est pas celle-là qui tombe habituellement sous cette espèce de marque de dégoût de la mère. Cette marque de dégoût concerne essentiellement les objets anaux, stercoraux, les excréments : c'est là le coin le plus usuel où viennent se fixer les marques de dégoût ; c'est là qu'il faut repérer ce qui va être si important dans les manifestations essentiellement névrotiques, ce qui va manquer dans les manifestations perverses, c'est justement le dégoût. Dire que l'hystérique éprouve un dégoût naturel pour la sexualité – car autrement, s'il n'est pas naturel, il faut se poser la question de l'origine de ce dégoût – reste insuffisant. Et si d'aucuns se satisfont de cette naturalité, de ce naturalisme du dégoût, il y aurait alors à partir du moment où on glisse, où on choit dans le naturalisme, à le repérer dans l'éthologie où nous ne le connaissons guère.

En tout cas, ce dégoût, nous pouvons le repérer, pour certains objets privilégiés, comme la transmission, la répétition, le déplacement, le transfert même de ce qui a été marqué par le rejet, par le dégoût de la mère.

En revanche, ce qui n'a pas été marqué par ce dégoût ne semblera ni choquant, ni dégoûtant, ni révoltant. D'où les effets : ce qu'on reprochera au pervers, c'est

1. Freud S. (1919) *« Ein Kind wird geschlagen », G. W.* XII, p. 195.

justement son goût pour ce qui est choquant ou dégoûtant, pour autrui, bien sûr. Il suffit de repérer les réactions à l'égard de l'homosexualité, qui est la perversion la plus connue. Il suffit de rechercher ces réactions, peut-être pas tellement chez les jeunes, et encore, c'est une question d'option politique, aussi curieux que cela puisse paraître – mais enfin ça n'a pas échappé à Sartre dès 1946, dont *L'Enfance d'un chef*[1] met en scène justement la réaction officielle à l'égard de l'homosexualité et les motifs de cette réaction. Il est certain que le dégoût affiché à l'égard de l'homosexualité résulte d'une confusion entre l'érotisme anal et l'amour homosexuel, ce qui n'a évidemment aucun rapport ; on ne voit absolument pas pourquoi l'érotisme anal serait réservé à l'homosexualité.

Le hasard fait parfois bien les choses : si des exemples de ce qu'est le non-dégoût à l'égard d'objets qui dans l'enfance subiraient normalement ou habituellement la *Verpönung* – normalement étant ici la norme, la référence – si vous désirez voir ce que sont ces objets de rejet, je vous conseille vivement le film d'Arrabal, *J'irai comme un cheval fou*, où apparaissent ces objets habituellement rejetés, ces objets qui provoquent les renvois des gens distingués. Je prends là, traduit, le titre d'une parodie de Baudelaire dans *À la manière de...* de Paul Reboux[2]. Je ne le cite pas souvent, mais celui-là est assez amusant. Il s'agit d'un pseudo-sonnet de Baudelaire qui s'appelle : *Ut eructent quirites*, « Pour faire dégueuler les chevaliers », les *quirites*.

1. Sartre J.-P. (1946) *L'Enfance d'un chef, Œuvres complètes*, La Pléiade, Paris.
2. Reboux P., *À la manière de…* Grasset et Solar, Paris, 1950.

C'est un peu cela que vise le film d'Arrabal – en cela il n'est pas tellement nouveau ; on a toujours repéré qu'il y avait des objets vomitifs pour certains. Ce qui est intéressant, c'est qu'il est possible de trouver dans ce film très exactement ce que veut illustrer un terme introduit récemment par Deleuze dans la pensée parapsychanalytique, à savoir les flux. Les flux, en partant du fluide et du liquide, eh bien, vous les avez dans le film d'Arrabal à profusion, ça écume ! J'ai vu beaucoup de crises d'épilepsie, mais jamais aussi écumantes que celles-là. Si ça ne suffit pas, on se sert de l'urine pour fabriquer des panacées, des médicaments miracles et, en effet, les miracles se produisent. Il y a le sang, le sang résultant de la castration, le sang résultant de toutes les espèces de plaies. Il y a bien entendu les excréments plus solides ou plus pâteux, selon ce qu'on aura mangé la veille ou selon la quantité d'amibes qui infectent ou infestent le gros intestin, voire le petit. Enfin, il y a le summum de l'horreur : il y a le cannibalisme dont quelques ethnologues contemporains ont cru trouver la justification dans l'aveu d'un Guayaquis de service à qui on demandait, après l'avoir accoutumé à l'ethnologie pendant quelques années : « Mais enfin, pourquoi est-ce que vous mangez des êtres humains ? » ; il répond : « Parce que c'est bon. » Ce qui évidemment ne peut satisfaire que les esprits relativement peu exigeants ; parce que, si je suis en train de vous montrer que le dégoût n'a rien de naturel mais naît d'une phrase ou d'un mot qui vient marquer un objet à un certain moment, il en va exactement de même pour les goûts. Il n'y a pas de bon ou de mauvais en soi, ou de naturel, du moins du point de vue du goût. Il suffit de franchir n'importe quelle frontière pour découvrir que ce que mange le voisin d'à côté, c'est absolument infect et on ne comprend pas qu'ils ne soient pas encore tous morts, à voir les saloperies qu'ils nous font bouffer. Tout le monde sait que seule la nourriture de son pays est comestible, et encore quand je dis de son pays, c'est plutôt de son territoire, de sa région car, même par rapport aux voisins, ça se distingue. Le bon objet oral ou merdique de la mère est strictement spécifique et destiné à sa propre portée, à cette mère, il n'est pas exportable.

L'enfant donc, sinon naturellement du moins par contiguïté ou par continuité, est attiré par sa merde et par sa mère alors que l'adulte ne l'est plus. C'est l'étape finale enregistrée. L'hypothèse que j'émets, c'est que les objets dégoûtants ont été *verpönt*, honnis, et non pas *verdrängt*, refoulés. En effet, je vous donne là une interprétation du refoulement dont vous ferez l'usage que vous voudrez, cela doit surtout être stimulant à la réflexion : le refoulement ne concerne pas ce qui a pu exister, mais quelque chose qui n'a jamais été dit. La *Verdrägung*, le refoulement, c'est le refus de voir l'absence ou le refus d'entendre l'absence d'une parole paternelle, l'absence d'une parole d'amour entre les parents, ou l'absence de joie, c'est l'équivalent du désir d'oublier un passé affligeant, triste, mais sans parvenir à l'oublier vraiment, sans parvenir à l'oubli vrai.

D'où le refoulement qui va comporter des traces de manque et exclusivement de manque. Ce qui devrait nous amener à ceci, qui pourrait constituer une définition de ce que le sujet normal a peut-être à atteindre, du lieu où il peut viser à parvenir, un licu où il oserait oublier : oser oublier un passé incomplet. Oser oublier un passé marqué, passant par des absences ou des insuffisances de l'entourage parental, un passé endeuillé par les deuils permanents des parents, un passé chargé par la honte de telle ou telle appartenance, raciale, politique, sociale, oser oublier ce passé, ne pas se sentir lié par ce passé, ne pas se croire être ou devoir être ou devant être le héros ou le défenseur de causes qu'on n'a pas choisies, c'est à ce prix que se recouvre la liberté du sujet.

Le sujet constitué, et je vous ai dit dans les précédents entretiens comment il se constituait à partir des désirs réalisés, à partir des désirs accomplis, ce sujet constitué n'a plus besoin de souvenirs. C'est pourquoi aussi il n'appartient pas au psychanalyste notamment de se souvenir de ce qu'un analysant lui a dit. Si Lacan a un jour dit sous forme de boutade que la première des qualités de l'analyste est l'amnésie, ce n'est pas qu'une boutade ; il y a dans cette phrase la condamnation de ce désir projectif de l'analyste de reconstituer une histoire diachronique du sujet, qui constituerait pour lui autant de jalons, autant de balises pour renouer avec son propre passé. S'il est un objet à perdre, un objet qui par essence est destiné à être perdu, c'est justement notre passé, aussi bien celui de la veille que celui de notre naissance, aussi bien notre copulation de la veille que la fameuse scène primitive ; tous ces éléments sont à perdre. Ils ne font qu'encombrer la mémoire et empêchent l'advenue des symboles qui en tirent leur dimension opératoire. Ce qui est affecté à ce passé, c'est justement cet affect dont on n'a que faire, qui n'existe pas au passé. « Affect » n'existe qu'au présent.

Dans la *Verdrängung*, le refoulement concerne une parole qui n'a pas été dite, alors que la *Verpänung*, le honnissement – on peut jouer avec les lettres, le hennissement – concerne des objets qui ont réellement fonctionné dans l'enfance. D'où apparaît une différence importante : le désir « normal », c'est-à-dire celui qui avance, est caché. En fait, il est plutôt aveugle que caché. Le terme de Ricœur pour désigner le désir, *« larvatus prodeo »*, j'avance caché, est plus vrai lorsqu'on le traduit par « j'avance aveugle, j'avance à l'aveuglette ». Le désir normal est celui qui ne sait pas ce qu'il cherche. Le désir pervers, par contre, le sait. Ce qu'il recherche, ce désir pervers, c'est « l'objet » non déformé, n'ayant pas subi l'*Entstellung* des processus primaires ou, si vous préférez la terminologie lacanienne, n'ayant subi ni la métaphore ni la métonymie, l'« objet *a* » qui apparaîtrait tel quel, sans transformation, comme l'étron par exemple, ou comme le lait, comme verre d'urine ou comme écume ou comme sperme.

Cet « objet *a* » est constitué non pas en objet transitionnel mais plutôt en objet transitif, en objet qui permet le passage vers la demande de l'autre. C'est un objet marqué par la phrase maternelle qui va justement introduire l'inverse de la *Verpönung*, qui va introduire la survalorisation d'un « objet *a* » qui n'est pas l'objet habituel de la survalorisation sexuelle. Cet objet marqué va se former par le « prends mon sein » que dit la mère à l'enfant qu'elle veut nourrir. Il va être marqué également par le « Donne-moi ta merde » que formulent les mères éduquant leurs enfants à la propreté. Ici déjà – je pourrais d'ailleurs aussi le montrer pour le « Prends mon sein » –, dans le « Donne-moi ta merde » apparaît quelque chose de l'ordre de la réaction. La mère qui est censée éduquer sa marmaille à la propreté a appris que pour l'enfant c'est un objet précieux, ces scybales qui se promènent dans son rectum, image de la besace ou de la bourse aux pièces d'or, image qu'en temps de carnaval notamment on voit fleurir outre-Rhin et même ici sous forme d'animaux déféquant des pièces d'or. Mais on préfère que cela se passe chez le voisin ; enfin, l'essentiel, c'est que ça se repère quelque part. On a donc enseigné à ces malheureuses mères qu'il n'y a rien de plus précieux dans les produits de l'enfant que leurs crottes et pourquoi pas, pendant qu'on y est, la morve, les crottes nasales... C'est encore moins ragoûtant, on n'aime pas tellement ça. J'espère qu'un jour Arrabal nous montrera des scènes de dégustation de morve, *« ut eructent quirites »*, pour faire vomir le bourgeois.

Il y a là évidemment quelque chose qui foire, parce que, par quel miracle, par quel tour de passe-passe, ces matériaux pour ne pas dire ces matières, par quel tour de passe-passe ces matières deviennent-elles brusquement le symbole de ce qui est précieux alors qu'elles ne sont en rien un symbole, elles sont un objet ? Ce qui est symbolique par rapport à ces matières, c'est que ce sont justement des matières que l'enfant peut perdre. C'est là que se place un déplacement habituel, en effet, lorsque certains psychanalystes ont insisté sur l'érotisme anal. Ce n'est pas tellement un repère. Ce mouvement, dès Abraham – pas le premier, le deuxième –, on le repère dès ses descriptions raffinées, fignolées et obsessionnelles concernant l'érotisme anal. Le glissement se fait par rapport aux textes freudiens. Tout l'intérêt chez Abraham est centré sur le produit, alors que chez Freud il est centré sur la production, c'est-à-dire sur la perte de l'objet, car produire un objet, c'est le destiner à être perdu.

Ce qui fait que, lorsque les mères qui éduquent leurs enfants à la propreté croient imiter Madame Dolto en s'extasiant devant le bel étron fabriqué dans le pot, elles se mettent le doigt dans l'œil, car à aucun moment Madame Dolto n'a privilégié cet étron pour en faire le symbole du suprême bonheur, au moins celui de la mère. Si vous relisez les textes où elle en parle, il y a évidemment des scénarios très amusants mais enfin qui ne prêtent pas à confusion. Il s'agit de permettre à l'enfant de se détacher plus facilement de l'objet. On lui raconte : « On va l'enterrer et là-dessus il va pousser une jolie fleur. » Je ne discuterai pas ces conceptions botaniques, chacun choisit sa plante, je ne sais pas si l'effet serait exactement le même si on disait à l'enfant : « Il va pousser une carotte et on fera une bonne salade avec. » Toujours est-il que ce qui est souligné dans ce scénario, c'est le détachement de l'objet qui, perdu pour l'enfant, n'est pas perdu pour tout le monde et c'est ce « pas perdu pour tout le monde » qui ira assurer la circulation des objets car, quel que soit le deuil que chacun d'entre vous peut faire lors de la perte d'un objet aimé, s'il n'est pas perdu par la mort, vous pouvez être sûr qu'il n'est pas perdu pour tout le monde. Je ne dis pas que c'est forcément une consolation.

À partir de ces remarques concernant l'objet du désir dans la perversion, vous pouvez vous-mêmes déduire les différents caractères qu'on a décrits de-ci de-là pour distinguer justement cette perversion. Je vous ai donc donné une clé pour penser la perversion. Je vous ai montré ce qu'était le désir pervers. Nous n'avons pas fini ; ainsi que je vous l'ai annoncé au début du programme, nous avons encore à parler de l'amour. De l'amour, de la loi et du savoir.

L'amour, je me garderai bien de vous en donner une définition, je vous en décrirai tout au plus les voies.

N'allez pas croire pour autant que je vais vous faire un cours d'anatomie. L'amour passe toujours par le narcissisme. Demandez donc à vos professeurs d'anatomie s'ils savent où ça se situe.

Qu'est-ce que c'est que l'amour narcissique ? Ça, ça devient plus facile à définir. C'est la conjonction avec l'image narcissique, l'illusion de la conjonction avec cette image. Et je dis, heureusement qu'il s'agit de l'illusion. Cette image narcissique nous est renvoyée le plus fidèlement par le miroir, par notre image au miroir et que ce soit la femme qui se fait belle, que ce soit le monsieur dans un bordel, tous deux se servent avec prédilection du miroir pour récupérer l'image narcissique. Malheur à eux s'ils passent de l'autre côté du miroir. Je vous expliquerai peut-être un jour comment on fait, parce que c'est tout à fait faisable de passer de l'autre côté du miroir. Si ça fonctionne chez Cocteau et chez Alice, c'est qu'ils ont repéré qu'il y avait là une transgression narcissique fondamentale ; l'issue, la sortie de sa propre peau pour entrer dans cette peau imaginaire, spéculaire – imaginaire en rapport avec l'image, pas avec l'imagination – qui est de l'autre côté.

Cette recherche d'une conjonction avec l'image narcissique est une caractéristique névrotique. Je vous rappelle que nous en avons parlé longuement lorsqu'il s'agissait de la jouissance de l'hystérique. Donner d'elle une image aussi parfaite que possible de façon à ce que cette perfection par le miroir constitué par l'autre ou par le maître vienne se rabattre sur elle de façon à lui amener la jouissance, la jouissance parfaite. Évidemment, le processus échoue, car il n'y a pas de possibilité en dehors de la psychose – c'est cela la traversée du miroir – il n'y a pas de possibilité de revêtement sans défaut de la perfection de l'image sur soi-même.

Un détail capital, petit détail par dérision, c'est que l'amour – c'est pour cela que je faisais allusion tout à l'heure à l'amour homosexuel –, l'amour narcissique, cet amour qui vise à la fusion avec l'autre spéculaire est, quelle que soit la personne qui aime ainsi, homme ou femme, un amour qui escamote la différence des sexes. À partir de quoi, l'affirmation que le désir ne naît pas de l'amour, que jamais l'amour n'a fait naître le désir, cette affirmation choquante ou provocante de certains psychanalystes, prend ici toute sa signification et toute sa valeur. En effet, l'amour narcissique – il est difficile d'atteindre un autre – est celui qui tente de nier la différence des sexes. J'ai dit que l'amour passait toujours par le narcissisme. Ça ne veut pas dire que l'amour normal – parce que ça existe malgré tout – va supprimer le narcissisme, bien que celui-ci soit largement exclu dans l'expérience passionnelle. Il ne faudrait pas beaucoup pousser certains pseudo-sexologues contemporains pour leur faire mettre la passion dans la perversion. J'ai lu ça. Cet amour qui amène à perdre une partie de son narcissisme, cet amour normal qui vient se constituer sur fond de ce que Freud appelle la *Sexualüberschätzung*, la survalorisation sexuelle. Vous trouverez cela dans *Les Trois Essais sur la théorie de la sexualité* [1]. Grâce à cette survalorisation sexuelle, l'adoration des parties de l'objet aimé n'est pas le découpage fétichiste en objets partiels. On n'aime pas quelqu'un pour tel ou tel de ses détails anatomiques, pour telle ou

1. Freud S. (1905) *Trois Essais sur la théorie de la sexualité*, Gallimard, Paris, 1962.

telle courbure, pour telle ou telle pilosité, telle ou telle musculature.

Il y a dans cette *Sexualüberschätzung*, dans cette survalorisation sexuelle, la possibilité d'unifier ces objets dans un tout, dans lequel chaque partie augmente justement l'attrait de l'ensemble. C'est là que l'on pourrait ne pas être tout à fait d'accord avec une affirmation de Freud qui donne quelque part cet exemple qu'on peut très bien aimer embrasser tel ou tel partenaire, mais qu'au grand jamais on ne lui prêterait ou ne lui emprunterait sa brosse à dents. À partir de là, Freud se lance dans des rationalisations. Or, je pense que vous avez repéré dans ce rejet d'un objet de toilette intime ce que j'ai désigné tout à l'heure comme la *Verpönung*. Je ne dis pas que l'absence de *Verpönung* soit nécessaire pour que l'amour se constitue, au contraire. Ce que j'affirme, c'est que justement l'amour se repère à ceci, qu'il lève la *Verpönung* et qu'il ne peut rien y avoir dans l'autre de l'amour qui soit rejetable, qui soit objet de dégoût.

C'est là que peut s'opérer ou se repérer, au niveau du corps de l'autre et au niveau de ces objets éventuellement *verpönt*, quelque chose comme une échappée possible, narcissique, non pas tellement au niveau de tout ce qui est exprimable mais au niveau de ce qui échappe à l'expression. Une blague qui, comme tout mot d'esprit en dit long, affirme que le comble du narcissisme est de trouver que ses propres excréments sentent bon. Ce n'est pas du tout le comble du narcissisme, c'est le narcissisme tout court et c'est là, au niveau du goût et de l'odeur de l'autre, que se repère la possibilité d'un amour qui ne serait pas narcissique. Ne pas être incommodé, choqué, dégoûté par les odeurs et les goûts dits intimes de l'autre. C'est là que se trace cet état de grâce qui vient lever la *Verpönung*, car il ne s'agit pas de retomber dans l'erreur des mères de tout à l'heure qui font justement de la merde le produit parfumé et bon par excellence, mais il s'agit de repérer une conduite différentielle à l'égard de ces émissions. Cela peut aussi marquer les limites de l'amour.

Nous allons voir combien le pervers ou la perversion sont intriqués à ce qu'on dit normal. Tout d'abord nous nous interrogerons sur l'amour pervers : est-ce que l'amour homosexuel est pervers ? Sûrement pas. Il est la réalisation la plus immédiate de l'amour narcissique. Seulement, étant donné qu'ici le narcissisme n'a pas besoin de survaloriser ou de cacher – les deux mécanismes se conçoivent – la différence des sexes, il peut s'atténuer, étant donné que, dans l'objet d'amour homosexuel, il n'y a rien qui vienne briser sa propre image. D'où la sensibilité que l'on attribue généralement à l'homosexuel et qui résulte de la réduction de sa carapace narcissique, à l'inverse de la dureté, de la rigidité de la carapace paranoïaque pour laquelle l'autre homosexuel ne peut en aucun cas servir de miroir. Car, justement, chez le paranoïaque le déplacement de l'autre vers la sodomie a été pratiqué et marqué de la *Verpönung*. Dans ce cas, le paranoïaque a besoin de toute sa rigidité pour maintenir son narcissisme ou, plus exactement, le narcissisme du paranoïaque doit être rigide pour que sa personnalité se maintienne et le racisme paranoïaque – c'est un symptôme de la paranoïa – peut toujours être ramené à la condamnation de cette image de soi captée par l'autre. On ne veut pas que l'image qui nous est renvoyée soit d'une autre forme ou d'une autre couleur.

Je vous ai montré ce que la forme et la couleur pouvaient cacher et c'est pourquoi aussi ne manque jamais dans le racisme l'allusion à l'odeur.

L'amour homosexuel n'est pas pervers, j'ai eu le temps d'intégrer ce point dans ce que je voulais vous dire. Mais, j'ai relu ces jours-ci le petit texte de Lacan intitulé *Télévision* où apparaît ceci, que L'homme (avec un grand L) qui aime La femme (avec un grand L) ne peut que se trouver confronté à un fantasme pervers ou, plus exactement, ne peut qu'être livré à la perversion, car La femme, ça n'existe pas ; c'est justement le moyen de supprimer encore une fois la différence portée par le « une femme ». Lacan considère que ce n'est pas tout à fait réversible. Cela devient un peu trop compliqué pour moi de savoir pourquoi ça marche dans un sens et pas dans l'autre. J'aurais quelques explications à fournir là-dessus, mais ça nous entraînerait un peu loin.

Lorsqu'on parle d'amour pervers, on pense à ce qu'il y a quelques années, certains auteurs comme J. Clavreul ont introduit sous le nom de « contrat pervers [1] ». L'amour pervers est celui qui aurait besoin d'un contrat et ils se fondent, pour l'établissement de cette affirmation, sur le contrat établi entre Leopold von Sacher-Masoch et sa femme Wanda [2]. Je ne suis pas sûr qu'il faille se limiter à ce contrat qui lie, qui livre l'un à l'autre, car tout accouplement marqué par un contrat introduit ainsi la perversion. C'est là l'une des articula-

1. Clavreul J., « Le couple pervers », *Le Désir et la perversion*, Seuil, Paris, 1967, p. 91 et *Encyclopædia Universalis*.

2. Deleuze G., *Présentation de Sacher-Masoch avec le texte intégral de la Vénus à la fourrure*, Éd. de Minuit, Paris, 1967. Le masochisme est construit à partir de son nom. Les scénarios en sont décrits dans un de ses ouvrages : *« Venus im Pelz »*.

tions essentielles que je verrais du lien social, cette complicité sociale avec la perversion. La société a besoin de la perversion pour qu'existe quelque chose qui s'appelle le contrat de mariage. À partir de là, tout le comportement pervers se résume à ces conduites qui exigent un scénario, c'est-à-dire la conformité à une certaine représentation d'un dispositif jouissif, la conformité à un scénario. Et lorsqu'on n'a pas l'imagination suffisante pour fabriquer soi-même le scénario, eh bien, il suffit d'être conforme au modèle proposé par la société dans laquelle chacun vit. Ça devient le conformisme.

C'est ce qui frappe toujours lorsqu'on est amené à examiner, je dis bien ici examiner – car il s'agit d'un examen pratiqué dans des conditions particulières, notamment celles de l'expertise – des pervers qui ont transgressé les lois. On constate un extraordinaire conformisme aussi bien dans la description de leur propre conduite que dans la description du milieu dans lequel ils vivent. C'est toujours l'image du « comme tout le monde ». Bien sûr, personne n'est « comme tout le monde » ; mais lorsqu'on recherche un idéal identificatoire, on trouve ce « comme tout le monde » : petit-bourgeois pervers qui exige l'intégrité de son foyer, qui craint, qui tremble dans ses bottes de le compromettre, mais qui ne pourrait pas vivre sans aller tirer sa crampe ailleurs. Pour le pervers, il faut un amour garanti par contrat et sans risque. Le scénario pervers de l'amour est celui qui permet de dissocier le plus sûrement l'amour et le désir. Il est nécessaire pour le pervers de dissocier les deux ; on aime là où le contrat vous assigne ; on désire et on jouit éventuellement ailleurs. Du coup, le pervers sait qui il doit aimer. Ce sera ma formule la plus condensée pour désigner le pervers : celui qui sait où il doit aimer, qui il doit aimer.

Ce qui fait que nous allons encore interroger, très brièvement maintenant, ce savoir, ce devoir, cette loi et cette science, car vous en savez maintenant assez pour compléter et développer vous-mêmes. Nous consacrerons quelques minutes encore la prochaine fois à ce savoir et à ce devoir, puis nous tâcherons de voir de plus près ce qu'il en est de l'homosexualité.

25 février 1974

8

Le pervers, la loi et le savoir

Je m'en tiendrai aujourd'hui à ce qui nous reste à voir des généralités sur la perversion, à savoir les relations de la perversion à la loi et au savoir. Je vous rappelle la formule sur laquelle nous nous étions arrêtés l'autre jour, à savoir que le pervers est celui qui sait qui il doit aimer, formule que l'on peut éventuellement assouplir en disant que le pervers sait où il doit aimer.

Le savoir et le devoir sont donc les articulations qui nous restent à étudier de façon un peu globale et vous verrez que cette articulation autour de la loi nous amènera aujourd'hui à répondre à une question que l'on pose souvent, que l'on entend souvent poser à propos de l'un des termes introduit par Lacan dans sa théorie, à savoir le terme de « grand Autre ». J'espère que je réussirai à clarifier pour vous ce concept ; vous verrez aussi dans quelle mesure il est opérationnel et constamment à l'œuvre à un niveau inconscient d'ailleurs, là où on ne songe habituellement pas à le repérer.

Le pervers et la loi. Lorsqu'on parle de loi, ça ne dit pas grand-chose car il faut encore distinguer différentes catégories de lois. On parle toujours, en matière de sciences naturelles, des lois naturelles, du style : « Il faut manger pour vivre » et même : « Si on vit, on finit par mourir ». Il y a toute une série de lois auxquelles on n'échappe pas et ce sont les seules qui permettent d'ailleurs de définir le miracle comme des lois que la divinité de service suspend pour y introduire d'autres lois qui sont les siennes, c'est-à-dire celles de l'arbitraire.

On parle aussi de lois symboliques. Ce sont les lois mathématiques, arbitraires si l'on veut, mais d'un arbitraire généralisable par la commutativité des symboles, du moins jusqu'à un certain point. Et puis, il y a les lois-règlements, les lois flicardes, pour maintenir un certain type de société, un certain type d'association : interdit de stationner, faut payer des impôts. Tout cela, c'est un ensemble de lois qui a également son rôle à jouer dans le maintien d'un groupe. C'est pourquoi, lorsqu'on vient nous rebattre les oreilles des pervers qui transgressent les lois, ça ne veut rien dire pour la bonne raison qu'on ne précise pas de quelles lois il s'agit. Un jour, on a lâché ce terme, on a trouvé ça très satisfaisant : le pervers est celui qui transgresse les lois. Autrement dit, chaque fois que vous avez un PV, vous êtes pervers ou, chaque fois que vous faites une faute de calcul, chaque fois que vous répondez mal à un examen, vous l'êtes aussi.

Qu'est-ce qui se passe dans cette formule : le pervers est celui... etc. ? N'allez pas croire que cette aptitude ou cette suspicion de transgresser les lois aient un rapport quelconque avec la perversion, ce n'est pas du tout ce que je dis ni ce que je veux soutenir ni développer. Je voudrais simplement, à propos de cette phrase qui circule, « Le pervers est celui qui transgresse les lois », montrer par quoi on est pris : par quelque chose qu'il faut bien préciser de temps en temps, à savoir le « signifiant ». Ce terme lâché en liberté, c'est probablement l'un des pièges majeurs. Qui, aujourd'hui, trempé plus ou moins dans ce qui est psy, n'emploie pas à bouche que veux-tu le terme de « signifiant » ? Alors, c'est extraordinaire le sottisier qu'on peut recueillir lorsqu'on demande aux gens ce qu'ils entendent par « signifiant ». Il y en a même pour qui c'est quelque chose de parfaitement inexprimable. Ou bien le signifiant c'est ce qui se promène dans l'inconscient – on entend ça – ou bien ce sont les gargouillis que des analysants ont émis ou que des analystes ont cru entendre de la bouche de certains analysants, sur quoi ils ont fait des tas de travaux et c'est cela qui est devenu le signifiant.

Le signifiant ne servirait à rien du tout s'il n'était pas contenu dans le langage commun. Qu'une syllabe puisse à la rigueur être un signifiant, pourquoi pas ? Vous pourriez le démontrer, mais ça ne peut se démontrer que par la reconstruction que fait l'analysant lui-même. Autrement dit : un signifiant, c'est un mot qui vient fonctionner quelque part dans un sens imprévu, quelque chose qui échappe. La plupart du temps, on ne sait pas que ça nous échappe, le signifiant ; on ne sait pas qu'on en a prononcé un, ce qui fait que la pêche au signifiant est une pêche d'où le novice revient bredouille et qui est une pêche miraculeuse pour n'importe qui sait entendre, parce que les signifiants, ça grouille ; il n'y a même rien d'autre dans le discours.

Ce que je vous ai montré il y a une quinzaine de jours, c'est que dans un certain usage du discours, le signifiant renvoie effectivement à un signifié et c'est vraiment vouloir se leurrer, s'aveugler ou s'amuser que de méconnaître le renvoi possible à un signifié. Ce qui se passe, c'est que certains signifiants, certains mots, certaines phrases ou membres de phrases, certains discours entiers se contrefoutent de la dimension signifiée dans ce discours. Et qu'est-ce qui importe ? C'est ce que l'autre peut y mettre. C'est-à-dire que, loin de transporter un contenu, ce signifiant transporte des sortes de godets dans lesquels *on* est prié de verser ce qu'on veut, *on*, l'interlocuteur, l'autre, le « petit autre » pour l'instant ; seulement le godet, lui, est fourni avec le signifiant et le godet, qu'est-ce que c'est d'autre que ce qu'on est prié de remplir de tout ce qu'on voudra ou de tout ce qu'on pourra ? Le pervers est celui qui transgresse les lois. Eh bien, ici le signifiant n'est pas « transgressé » – c'en est un, bien sûr, et nous verrons que, celui-là, il est facile de l'écarter ; « le pervers » c'en est un aussi parce que, vraiment, on ne sait pas de quoi on parle ; et surtout, « loi » en est un qui renvoie à des registres absolument différents, notamment à ce registre imaginaire réservé par le fait que d'aucuns croient pouvoir créer leur propre loi.

Si vous voulez un texte lacanien plus précis concernant le signifiant et son usage, du bon usage du signifiant, je vous renvoie à « La lettre volée [1] » où, d'un bout à l'autre, Lacan s'amuse à montrer combien à chaque instant le lecteur est piégé par un certain dire ou, plus exactement, par un certain « dit », par un certain énoncé qui réussit chaque fois, comme les tours de passe-passe, à l'escamoter, à attirer le regard, à attirer l'attention et à boucher l'oreille vers un contenu qui n'a aucun rapport avec ce qui veut être démontré. L'exemple le plus frappant en est cette fameuse pré-

1. Lacan J. (1956) « Le séminaire sur "La lettre volée" », *Écrits*, Seuil, Paris, 1966, p. 11-61.

face, ou postface selon les éditions, où Lacan joue avec une combinatoire ternaire où l'on peut, lorsqu'on n'a pas l'habitude de ces jeux, perdre son latin et même toutes les autres langues, pour méconnaître en fait le but de cet exercice qui est justement de montrer qu'il y a des lois, des lois de l'inconscient et qu'on n'y échappe pas. Seulement ces lois de l'inconscient, ce ne sont jamais des lois qui s'occupent du contenu ; elles viennent fonctionner à notre insu, à un moment où on ne s'y attend pas et ce sont ces lois qui viennent inclure au discours quelque chose qui autrement échappe et qui est bien évidemment d'ordre pulsionnel ou de l'ordre du désir.

La transgression des lois, quand est-ce que ça a jamais été la définition du pervers ? Ce n'est pas parce qu'un jour un auteur soi-disant nimbé de lacanisme l'a dit pour que ce soit la vérité ! Reportez-vous à votre 6e, à votre 5e, au premier cycle de vos études secondaires ou au cycle infra-zéro, si ça existe : celui qui transgresse les lois, par définition, ça a toujours été le héros. Qu'est-ce qu'il y aurait dans une tragédie grecque sans la transgression des lois ? Antigone perverse, on n'a jamais imaginé une ânerie pareille. Pourtant, elle en transgresse des lois ; elle va jusqu'au bout de la transgression.

Tragédie... On se précipite lorsqu'on est cultivé sur les contenus cornéliens de la tragédie. Si les déchirements cornéliens étaient les seuls supports de la tragédie, il est à présumer qu'il y a belle lurette qu'on aurait oublié qu'un jour une tragédie a existé. Pourtant ce ne sont pas ces petits déchirements, qu'ils soient du Cid ou de quelques autres, qui se distinguent des déchirements des héros grecs ; tuer le père de sa fiancée ou tuer sa mère. Quoi ! On peut faire la fine bouche et distinguer – mais ça revient à peu près au même – entre Oreste et le Cid ; la différence n'est pas dans le contenu de l'action. Les pseudo-tragédies, ou plus exactement les tragédies dites classiques, du théâtre classique français, sont tout de même des tragédies à peu près contemporaines de ce siècle des Lumières où l'on enfermait tous ceux qui s'opposaient à ces lumières, c'est aussi le siècle du grand renfermement, c'est le siècle où on mettait dans les hôpitaux généraux les fous et les prodigues et les prostituées et les délinquants et les débiles ; c'est le siècle où l'on pensait tout comprendre et tout expliquer ; le siècle aussi où on disait : « Ce qui se conçoit bien, s'énonce clairement » ; même époque… un leurre ! C'est à cette époque aussi qu'on a insisté sur l'unité de temps, de lieu et d'action. Pourquoi cette règle ? Qu'est-ce qui change si le lieu se transforme ? Unité d'intérêt, tu parles ! Trouvez-moi un atome d'existence humaine où il y ait une unité d'intérêt ! Alors pourquoi cette unité sinon parce que ça tient dans un cadre, parce que c'est un tableau, parce que c'est plat et que ça n'a pas de volume ?

La tragédie grecque n'a rien à faire de cette pseudo-*Spaltung*, cette prétendue refente entre l'amour et le devoir par exemple. Je dis prétendue parce que ça situe justement les deux instances refendues, les deux instances séparées ailleurs que dans le sujet ; parce que le sujet du devoir n'est pas encore né, il n'existe pas. Le sujet du devoir, c'est celui qui a simplement peur de l'agent de police ou de tous ses avatars que l'on rencontre au coin de la rue. Ce n'est pas quelque chose qui concerne le sujet de l'énonciation, du moins je le souhaite. Ça veut dire que je ne vous souhaite pas qu'à la place de l'énonciation ou du sujet de l'énonciation ou du sujet de l'inconscient, l'un ou l'autre d'entre vous trouve un flic.

Ce n'est pas le contenu qui importe dans la tragédie, c'est sa structure scénique. Il y a sur scène un chœur qui commente les actes des protagonistes ; je vous laisse retrouver les noms des autres agonistes, antagonistes ou je ne sais plus comment ça s'appelle, tout cela porte un nom dans la tragédie. Ne croyez pas que je fasse de l'anatomie, puisque ceux qui ont encore un peu l'esprit embrouillé par l'anatomie pensent que agonistes et antagonistes, ça s'applique aux muscles ; ça s'applique aussi aux acteurs. Mais, là encore, ce sont surtout les psychiatres qui devraient dresser l'oreille devant le chœur qui, sur la scène, commente les actes des acteurs ; les termes sont choisis pour recouvrir ici une terminologie psychiatrique : le commentaire des actes. Cette scène où un groupe d'hommes dirigés par quelqu'un que l'on peut nommer le coryphée, où un groupe nommable commente ce qui se passe à un autre endroit de la même scène, est le démantèlement et la mise à plat ou à nu de ce qui se passe dans la désagrégation psychotique. Car le chœur, s'il s'adresse parfois directement à la deuxième personne, s'il interpelle directement les acteurs, peut aussi prendre une distance par rapport à eux et commenter ce qui se déroule à la troisième personne. Les instances repérables dans la psychose, à savoir les voix qui commentent les actes dans ce qu'on appelle l'automatisme mental, ces voix ne font pas autre chose que réintroduire dans le sujet ou, plus exactement, marquer dans le sujet cette autre scène d'où, comme dans la tragédie classique française, le chœur serait exclu. Le chœur dans la psychose n'est plus sur la scène, il n'est plus sur cette autre scène de l'inconscient, il est projeté, il est rejeté au-dehors et n'importe lequel de ces personnages réels ou imaginaires va se charger de commenter les actes du sujet. Et celui-ci, du fait de ce rejet hors de lui-même d'une instance indispensable au fonctionnement de cette autre scène, par ce rejet de la *Spaltung* à l'extérieur, devient fou car il fait jouer à autrui une partie de son propre rôle. Cela ne nous éloigne pas de la loi, car si quelque chose nous éloigne d'elle, c'est justement le théâtre classique français où la loi n'est plus utilisable : il n'y a plus de loi symbolique où la loi fonctionne sur le motif de l'amour, sur le thème de l'amour. Par exemple, c'est parce qu'on aime sa patrie qu'on peut être déchiré entre la patrie et un objet d'amour plus usuel, c'est parce qu'on aime son devoir, c'est parce qu'on aime son honneur..., comme si une loi avait quoi que ce soit d'aimable.

La tragédie grecque nous amène de façon autrement progressive et subtile à la limite de ces lois où, justement, elles perdent leur humanité et où le chœur commente pas à pas l'approche du héros, sa transgression, la seule vraie, c'est-à-dire une transgression sans retour : à partir du moment où Antigone a franchi les murs, elle sait qu'elle ne reviendra pas ; elle est morte à ce moment-là. Or, la seule assise, le seul support que l'on puisse donner à cette loi, le seul support encore représentable et qui nous mène jusqu'à la limite au-delà de laquelle on a affaire à une loi uniquement représentable par des symboles mathématiques ou par des algorithmes, le seul moyen de nous porter jusqu'aux extrêmes du représentable, c'est l'imaginaire – entendez l'imaginaire selon Lacan. Ce terme n'a rien de péjoratif ; ne croyez pas que l'imaginaire soit quelque chose qu'on rejette, ça, c'est le représentable. Le représentable est porté au plus loin dans toutes les formes de l'imaginaire religieux. Et partout, en effet, où meurt le héros, sa mort devient un symbole dont s'emparent les religions de tout poil pour donner une dimension justement de symbole, c'est-à-dire la dimension de ce qui lie.

Ce symbole – dont le terme n'est peut-être pas utilisé avec la même insistance chez Freud que chez Lacan, mais qu'on trouve chez Freud sous un autre nom, à savoir l'éros, ce qui lie ensemble – est ce que la conduite religieuse tente d'introduire, de rendre représentable, accessible grâce au développement de la fantasmatique, de la fantasmagorie de l'imaginaire, de la représentation religieuse. Je vous l'ai dit, le domaine de l'imaginaire n'a rien de péjoratif, mais il faut savoir qu'à la différence du domaine symbolique, il est toujours infiltré de spécularité, c'est-à-dire qu'il contient toujours dans un écran la projection imaginaire, l'image en miroir du sujet. D'où aussi ce premier pas vers une symbolisation, premier pas qui se traduit au niveau biblique par l'interdiction de se faire des images. Il paraît que ça ne suffit pas ; bien entendu, l'interdiction de se faire des images ne suffit pas pour supprimer l'imaginaire, pour supprimer le spéculaire. D'ailleurs, ce n'est pas concevable. On ne peut pas vivre sans imaginaire, sans spéculaire. Mais il y a là une première indication : l'image est quelque chose qui s'oppose parfois au symbole ou, plus exactement, quelque chose dans quoi l'œil se fixe – l'œil comme vecteur du désir, nous aurons peut-être un jour à en reparler –, l'œil se piège dans l'image, dans le tableau et oublie que sa démarche initiale était de rejoindre la dimension symbolique. Le névrosé, par exemple, est celui qui reste dans l'imaginaire, dans un imaginaire limité à papa, à maman, à un ami, ce qu'on a appelé le familiarisme. Le normal, lui, se lie à un autre choisi pour sa différence, aussi bien différent de lui dans l'image spéculaire que différent des modèles identificatoires : papa, maman et autre. Il se lie à l'autre de l'amour ou à l'autre dans l'amour, créant ainsi une loi, qui n'est pas la sienne puisque cette loi nomme et désigne l'amour. C'est justement l'effet de la loi, une loi oubliée mais une loi qui se recrée à chaque instant, de transcender les règlements et les contrats flicards.

Quant au pervers, lui, la loi il la respecte. En général, il la respecte pour les autres, mais il s'en fait une pour lui sur mesure. C'est ainsi que, de temps en temps, aux Assises on a affaire en matière d'expertise à des pères incestueux – finalement c'est bien en fonction d'une loi ou d'un règlement assez arbitraire que l'inceste est considéré selon les âges comme un crime ou un délit, selon les âges et les degrés de parenté ; que d'aucuns aient voulu pêcher là-dedans une loi symbolique, ça les regarde. Mais ces pères incestueux, justement, déclarent que leur pratique de l'inceste était destinée à éviter à leur fille les tentations et les mauvaises fréquentations ; ils apparaissent en général comme des patriarches rigides, ne badinant pas sur la bagatelle et hautement offusqués qu'on puisse leur reprocher leur conduite. Ce ne sont pas les psychiatres d'ailleurs qui la leur reprochent et c'est pourquoi ils apparaissent aux Assises, parce que le psychiatre, lui, déclare que c'est parfaitement normal et qu'ils ne sont pas fous du tout. Je glisserai sur d'autres exemples auxquels j'avais pensé à un moment donné, chacun trouvera des exemples de pervers qui sont extrêmement rigides envers autrui et très indulgents pour eux-mêmes. Le pervers est respectueux des lois, notamment de celles du Décalogue. Ce qui ne l'empêchera pas de les transgresser, comme on dit, c'est-à-dire que dans son travail, s'il est commerçant, il tâchera, en bon commerçant, de voler le plus possible de sous à autrui et il sera également respectueux des parents dans la mesure où c'est encore le meilleur moyen de conserver l'héritage.

On pourrait ainsi s'amuser à établir des textes et des exemples sur la relation entre le pervers et le Décalogue. Ce n'est pas le pervers ici que je veux mettre en cause, c'est le Décalogue lui-même. Puisqu'on parle de loi, il ne faut pas y aller avec le dos de la cuillère. À y regarder de plus près, il y a sûrement deux espèces de lois dans le Décalogue. On trouve les règlements du style : stationnement interdit, puis on en trouve d'autres où d'aucuns pourraient repérer le respect de la vie ; mais les différents tripotages qui ont amené le Décalogue à être ce qu'on enseigne aux petits enfants ont escamoté le premier commandement qui, justement, n'est pas un commandement. Le premier commandement n'est pas autre chose qu'une affirmation, un : je suis. « Je suis ton Dieu. » Cette affirmation du nom est une loi essentiellement différente des « Tu dois », ou « Tu ne dois pas ».

J'ai été confronté par hasard à la légende qui dit que seul ce premier commandement est d'origine divine et les autres d'origine humaine. Ce serait Moïse qui aurait écrit les autres. Je crois que la légende complète est celle-ci, et je sais que je rejoins là les intérêts de certains d'entre vous : qu'est-ce qu'il pouvait y avoir d'inscrit sur les premières Tables de la Loi, celles qui ont été cassées par Moïse dans sa rogne ? On a émis toutes sortes d'hypothèses ; elles sont toutes légitimes. Mais le mirage qui fait que seul le premier commandement, seule la première affirmation : « Je suis l'Éternel ton Dieu » persiste de l'écrit divin, tout le reste étant écrit mosaïque, cette affirmation nous est une indication sur ce que signifie le mythe des premières Tables, le mythe d'une inscription antérieure à l'inscription recueillie. À savoir le lieu d'une inscription symbolique qui ne subsiste plus que dans l'affirmation du nom et l'affirmation de l'attachement, de la fixation au nom : « Tu porteras mon nom sur ton front. » Cette fixation au nom est la trace symbolique de ce qui aurait pu être une sorte de livre des symboles, de livre du code, de ce code justement qui existait dans les sociétés fonctionnant en vase clos et renforçant mutuellement leur code, ce qui venait donner à l'individu qui l'acceptait un sens où l'imaginaire était dépassé. Usuellement, le sens est imaginaire au niveau spéculaire. Chacun interprète tel signe et tel symbole, alors que, dans une société codée, tout a un sens précis. Certes, c'est étouffant, aliénant, mais c'est le seul moyen trouvé par l'être humain pour vivre sans rupture avec lui-même.

Je vous donne là la définition du bonheur. C'est kantien. L'adhésion du sujet à lui-même, sans rupture. Or, ce code, que devient-il ? Ce code qui existait et existe encore dans les résidus de sociétés dites primitives, que devient-il lorsque la clôture du vase social s'effondre ? Il est remplacé par des lois qui sont exclusivement référées à la valeur marchande. Ce code est remplacé par les lois de l'échange élargi à la production-consommation alors que, dans les groupes clos, l'échange se fait non seulement sans plus-value, mais parfois même dans les sociétés à *potlatch*, avec une plus-value inversée. C'est à qui témoignera le plus de générosité. Bien sûr, ce n'est pas sans arrière-pensée. Ça montre le chemin à faire vers le décodage. Dans la société décodée donc, certaines lois de valeur remplacent le code et c'est là que devrait devenir compréhensible la définition du « grand Autre » comme lieu du code. Ce lieu du code, dans une société décodée, qu'est-ce que ça peut bien vouloir dire sinon le lieu où existe la possibilité pour chacun d'advenir d'une façon créée, créative, créatrice ? C'est dans ce lieu du code que peut advenir le sujet et si je vous ai infligé un certain préambule concernant l'imaginaire, le signifiant et la prise dans le signifiant, le piège du contenu, c'est que ce « grand Autre », ce terme d'Autre avec un A majuscule est justement un tel piège. Car, que le « a » soit majuscule ou minuscule, le terme d'« autre » ne peut pas ne pas évoquer pour nous une altérité marquée de l'image spéculaire. Or, le signifiant, ou le symbole plus exactement ici, véhiculé par ce « grand Autre », ce n'est nullement un agrandissement quelconque de l'autre, de l'*alter ego*, c'est tout simplement le véhicule du grand A. Cet A majuscule en tant que symbole n'est là que pour désigner un lieu, un espace à conquérir, un espace dans lequel le sujet de l'inconscient va pouvoir se développer ; et c'est là que se rejoignent, se recoupent, se superposent les différentes définitions lacaniennes de l'inconscient, lieu de l'Autre ou lieu du code, ce lieu laissé vide par ce qui fonctionnait comme lien entre les sujets dans une société codée. Le décodage, c'est la disparition des rites initiatiques qui faisaient d'une société une société dans laquelle ne pénétraient que les initiés. Et aucun apprentissage professionnel ne peut venir remplacer l'initiation.

Ce grand A est parfois ce qui est proposé par les révolutions ; le révolutionnaire n'est pas celui qui nous propose tel ou tel lendemain qui chante, où on vous dit que vous aurez droit à tant d'ustensiles électroménagers ou à tant de séances de cinéma obligatoires et à tant de séjours au Club Méditerranée. La révolution est justement ce qui vous propose un avenir parfaitement incertain mais à créer par chacun de vous, un avenir uniquement accessible à celui qui n'a pas laissé piéger son désir par la demande de l'autre, c'est-à-dire à celui qui est assez fou pour être normal. D'où découle un point commun entre le névrosé et le pervers, à savoir la peur du risque ; peur de la mort pour le pervers. Pour le névrosé il y a une nuance peut-être, c'est qu'il n'est pas exclu qu'un jour il découvre la différence entre la mort et la castration. Qui sait ? Est-ce un savoir ? Ça ne va jamais bien loin, le savoir. On a défini un jour la psychiatrie comme un discours sans savoir ; c'est loin d'être faux. La seule question qui se pose, c'est : est-ce qu'il y a des discours avec savoir ? Alors comment se fait-il que notre psychiatre pubère, ou en période de puberté, qui fait l'objet de tous nos soins, notre psychiatre en formation sache que le pervers est celui qui sait ? Il le sait parce que je le lui ai dit ; il le sait aussi parce qu'il l'a lu, parce que ça traîne partout et que c'est la même vérité que le pervers qui transgresse les lois.

Le pervers sait ; il sait quoi ? Ça, c'est plus difficile : qu'est-ce qu'il sait exactement ? On hésite. Oh ! On a bien quelques idées ; c'est celui qui sait quelque chose sur la jouissance, ce qui provoque une sacrée dose d'envie ; je voudrais bien être pervers à ce compte-là. Heureusement qu'il y a un Dieu qui nous empêche d'accéder à cette connaissance, voir Bataille : « Dieu, s'il savait, serait un porc[1]. » Un savoir sur la jouissance ; est-ce la sienne ? Est-ce celle de papa-maman ? Est-ce celle de la scène primitive ? Qu'est-ce que c'est que la scène primitive ? Est-ce que c'est la scène aperçue par l'Homme aux loups de l'enculage de papa-maman, ou bien est-ce que c'est la scène où le spermatozoïde initial de chacun d'entre nous va rencontrer l'ovule initial ? On n'en sait rien. Toujours est-il qu'actuellement des expériences fort intéressantes d'hypnose sont en train de ramener ce stade de spermatozoïde populaire à la connaissance. Ce savoir confondant est très en vogue, très rassurant aussi, puisqu'il va confondre l'homme et l'animal. Et on prime, comme les bœufs gras, Lorenz, Tinberghen et von Fritsch. Jamais Freud. Pour ceux que la petite histoire amuse, l'année où quelques voix timides, trop timides parce que mal avisées, avaient proposé au conseil du Nobel le nom de Freud, on lui préféra celui de monsieur Wagner von Jauregg dont je pense qu'un grand nombre d'entre vous connaissent les travaux. C'est celui qui a inventé la malaria comme traitement de la P. G., l'impaludation des paralytiques généraux.

Revenons-en au savoir qui justement fait prime, au savoir auquel on peut distribuer des couronnes de laurier. Le Nobel, ça se prépare dès l'école primaire ; il faut y prendre goût, aimer monter sur l'estrade et se faire chatouiller la figure par le gâteux de service qui vous raconte un boniment sur la République et le bled où se passe la distribution des prix. Et quand on a pris

1. Bataille G., *Madame Edwarda, Œuvres complètes*, III, Gallimard, Paris, 1971, p. 30.

goût aux petits bouquins rouges à tranche dorée, *Cinq Semaines en ballon* ou des choses comme ça, quand on a pris goût aux prix, on en prend le goût à l'école et on est sur le bon chemin pour le Nobel. Mais on sanctionne ceux qui veulent introduire un savoir moins scolaire. On poursuit le Dr Carpentier[1] et ses ouailles qui distribuent la bonne parole. Non pas que j'approuve le tract, parce qu'il méconnaît simplement le désir et même le prévient, mais enfin il met en évidence l'ambivalence des enseignants. Parce que, quand on dit savoir, pourquoi ne pas parler d'enseignants, car que font les enseignants, sinon transmettre un savoir? Qu'est-ce qu'ils veulent montrer, qui est caché là? Comme les exhibitionnistes que depuis l'éducation sexuelle on fait entrer de dehors dans l'école pour qu'ils montrent un petit peu quelque chose? Se montrer caché, c'est quoi? Enseigner la sexualité, mais escamoter la jouissance. Le problème est que cet enseignement ne dénonce pas le fourvoiement proposé au désir par les objets de consommation. Chacun développera cela comme il voudra...

Peut-être y aurait-il un enseignement possible de la jouissance? Peut-être est-ce concevable? Du moins un enseignement de ce qui la favorise? Et ici j'entends jouissance, non pas au sens métaphysique, où chacun se bat les flancs pour se demander ce que c'est que cette jouissance dont parle Lacan et que Freud ne connaissait pas. Que celle de Freud vous suffise, celle de Lacan est nettement plus chère. Ce qui compte dans la jouissance, ce sont les mots qui la promeuvent. Et les

1. Le Dr J. Carpentier avait fait paraître en 1970 un tract à l'usage des lycéens intitulé : « Apprenons à faire l'amour. »

mots qui promeuvent la jouissance – là, nous revenons du côté du signifiant, on va boucler la boucle –, on a beau savoir que des textes aussi vénérables que le Talmud conseillent d'utiliser tous ceux qui peuvent favoriser la jouissance de l'autre, on ne sait pas pour autant ce qu'ils sont. Ne croyez pas que je vais vous en faire un catalogue. Il y a ce qu'on a appelé les mots jubilatoires. Leclaire en a rendu un célèbre, c'est le fameux « Poord'jeli [1] » qu'on trouve dans quelques-uns de ses textes. C'est peut-être un mot qui ne veut rien dire, bien sûr, qui a été créé comme ça et c'est là l'une des fausses routes du signifiant : ce n'est pas du tout un signifiant, c'est un ensemble de sons mais qui, pour le sujet qui les prononçait, étaient rattachés à toute une série d'expériences jubilatoires, d'expériences de plaisir, d'expériences de jouissance. Sans aller aussi loin, les mots utilisés par les enfants à l'école, ces mots qui sont contagieux dans une classe, ces mots qui entraînent toujours leur quantum de caca-pipi-cucu-popo et qui prennent justement tout leur sel d'irriter les parents, ces mots sont des mots jubilatoires. Et la jouissance est ici liée justement à la découverte de la faille, à la découverte de l'horreur lue dans les regards de papa-maman, horreur devant ce ratage de la *Verpönung* dont nous avons parlé l'autre jour. Mais je vous rappelle aussi que rien n'est *verpönt*, rien n'est honni de ce qui relève de l'objet aimé, de l'autre aimé, de l'autre de l'amour, que l'amour apparaît comme la levée de la *Verpönung*. C'est là que je vous parlais d'un amour

1. Laplanche J., Leclaire S. (1960) *L'Inconscient : une étude psychanalytique*, 4e Colloque de Bonneval, sous la direction de Henri Ey, Desclée de Brouwer, 1966, p. 95.

transarcissique. Il est stupide de taxer de pervers telle ou telle pratique, telle ou telle position, tel ou tel type de caresse, ça n'a rien à faire avec la perversion.

Nous en sommes aux mots qui promeuvent la jouissance. Je vous ai parlé de ces mots jubilatoires. Il y a également les conseils et les demandes dont l'exécution ou même la formulation simple augmentent le plaisir. Mais ces formulations – je ne vais pas vous les suggérer, je vous laisse les inventer – n'ont de valeur amoureuse qu'à la première fois. Elles deviennent perverses lorsqu'elles sont une technique répétitive. C'est pourquoi je me garderai de vous en formuler, de ces mots, de peur que vous ne deveniez pervers en les disant à votre tour. Ces paroles se créent au moment même de leur formulation, au moment même de l'acte dont on escompte une jouissance. Elles sont paroles et signe d'amour. Chez le pervers, par contre, elles sont répétition, elles sont savoir et elles sont vides de toute créativité. N'en faites pas trop usage. Je me bornerai à ce dernier conseil qui me vient d'une analyste qui savait de quoi elle parlait, et qui me disait que ce qui provoquait le plus souvent les ruptures entre homme et femme, c'étaient les conneries que les hommes pouvaient raconter au lit.

4 mars 1974

9

Égards pour la mise en scène

Aujourd'hui je vais sauter la partie de l'article de Freud consacrée à la paranoïa pour en venir directement à un commentaire plus détaillé de la partie de ce texte consacrée à l'homosexualité, « Sur quelques mécanismes névrotiques dans la jalousie, la paranoïa et l'homosexualité ». L'intérêt de ce texte me semble encore souligné par le fait que la traduction française qui date de 1932, dont vous pouvez disposer dans la *Revue française de psychanalyse*[1] due à Lacan, reste fidèle au texte freudien.

Freud commence par dire dans cette partie du texte consacrée à l'homosexualité, dont chaque mot appelle des commentaires, que la reconnaissance de facteurs organiques ne nous dispense pas du devoir de comprendre. Après ce préambule tout à fait général, il parle de l'évolution de l'homme et de la sexualité masculine en y présentant l'homme comme fixé au départ à sa mère, point que nous aurons à traiter. L'homme fixé à

1. Freud S. (1922) « De quelques mécanismes névrotiques dans la jalousie, la paranoïa et l'homosexualité », trad. de l'allemand par J. Lacan, *Revue française de psychanalyse*, V, 3, p. 391-401, paru pour la première fois dans *Internationale Zeitschrift für Psychoanalyse*, VIII, 1922.

sa mère s'identifie à elle et cherche des objets d'amour à aimer, comme lui-même aurait pu l'être par cette mère ; d'où le choix d'objet du même âge que le sien au moment du revirement, c'est-à-dire au moment de la bascule à l'identification maternelle. Cette fixation maternelle rend difficile, selon Freud, le passage à un autre objet féminin. Il revient ensuite à l'identification, pour dire que cette identification est une façon de rester fidèle au premier objet. Surgit alors une de ces phrases révélatrices sur lesquelles on passe habituellement trop vite : la tendance au choix narcissique est plus facile que le choix de l'objet hétérosexuel. Pour ceux qui ont une coloration freudienne, ça doit tout de même faire bouger les choses, au sens où il n'oppose pas ici choix narcissique à choix objectal, mais choix narcissique à objet hétérosexuel.

La valorisation bien connue de l'organe mâle et l'incapacité d'y renoncer chez l'objet d'amour ou l'objet choisi comme objet d'amour, donne le relief de l'homosexualité. La dévalorisation, plus exactement les effets qui vont de la dévalorisation au dégoût de la femme, sont les résultats de la découverte du « Elle n'en a pas ». Plus tard intervient, selon Freud, un autre moment qu'il appelle *« Rücksicht auf den Vater*[1] *»*, les égards ou le respect pour le père. *« Rücksicht auf Darstellbarkeit »*, égards pour la mise en image ou la mise en scène, ce que Lacan a un jour proposé de traduire par « Attention à la peinture ». Pourquoi ces égards pour le père, sinon pour éviter, bien sûr, la compétition

1. Freud S. (1900) *Die Traumdeutung*, *G. W.* II/III, p. 349, p. 551-552. Le terme *Rücksicht* est difficile à traduire. On le trouve dans la *Traumdeutung* comme l'un des mécanismes du rêve.

avec lui ? Et Freud résume : la fixation à la mère (narcissisme), la peur de la castration – c'est cela l'évitement de la compétition avec le père – contribuent à l'homosexualité, mais ne sont nullement des facteurs spécifiques. Il faut y ajouter les effets de la séduction, qui entraîne une fixation précoce de la libido, ainsi que le « facteur organique » qui favorise – encore une de ces petites phrases capitales – l'attitude passive dans la vie amoureuse. À ces facteurs non spécifiques, facteurs et non pas causes de l'homosexualité, Freud en ajoute un autre, découvert semble-t-il assez tard, en constatant que, chez une série d'homosexuels qu'il a eus en traitement, s'est manifestée dans l'enfance une forte jalousie à l'égard d'un frère aîné. Au cours de l'évolution s'est produit un renversement des tendances de telle sorte que cet objet de haine ou de jalousie deviendra le premier objet d'amour... homosexuel, bien sûr. Nous avons là tout le contraire du délire de persécution, bien que, et ceci est une incise, l'érotomanie par exemple nous offre ces deux aspects, à la fois objet d'amour et objet persécuteur, deux facettes différentes du même objet. Ce mécanisme est voisin de ce que Freud vise ici concernant l'inversion des sentiments à l'égard du frère aîné. L'une des notes du répertoire clinique freudien, quoiqu'il se défendît d'être un clinicien, est de souligner que le virage se fait parfois brusquement, au moment même où la mère loue devant le futur homosexuel le frère détesté. C'est une indication capitale que de repérer ces moments où l'univers de l'enfant bascule parce qu'un dire ou plus exactement un « dit » parental vient fonctionner très précisément comme une interprétation psychanalytique. D'ailleurs, selon Freud, la transformation survient généralement plus tôt, à une période où l'on ne peut pas repérer de façon aussi précise les paroles parentales, ici maternelles. Une telle parole, lorsqu'elle est rapportée, est en général un souvenir-écran, souvenir sur lequel vient se projeter quelque chose qui s'est passé antérieurement.

Enfin l'article se termine, et là chacun sera libre d'y lire ce qu'il aura saisi de Freud, par une inclination, faut-il dire idéaliste ? je n'en sais rien, à souhaiter que ça aille mieux entre les êtres humains. Il n'y croyait pas beaucoup ou plutôt, c'est la façon dont je l'entendrai, ce n'est pas sans humour qu'il finit ses considérations en introduisant ce qu'il appelle les *« soziale Triebe »*, les pulsions sociales des homosexuels. Comme si ces pulsions sociales étaient une formation réactionnelle à la haine contre les rivaux ; mais dans l'amour homosexuel les hommes comptent eux aussi comme rivaux.

Nous allons à présent passer au commentaire. Le premier point est d'une part la reconnaissance des facteurs organiques et d'autre part la nécessité, malgré ces facteurs organiques, de comprendre. En fait, j'ai déjà plus ou moins commenté cette partie du texte dans l'introduction à ce chapitre la dernière fois que nous nous sommes rencontrés. Il y a là la mise en place de quelque chose qui est constamment remis en question, oublié dans la psychanalyse, à savoir la distinction introduite par Freud entre ce qu'il appelle facteurs organiques et ce qu'il désigne ici par « comprendre ». Est-ce à dire que ces deux facteurs, le facteur organique et le facteur signifiant, sont séparés par une faille infranchissable ? L'organique vient-il en quelque sorte constituer une divinité qu'aucune parole ne peut toucher ? Si tel était le cas, on pourrait alors faire de la psychanalyse sans s'encombrer de soucis concernant l'organique, représenté par le corps du sujet qui parle. Aussi longtemps qu'on se bornera à une psychanalyse de névrose exemplaire, on oubliera en effet le corps, qui ne sera plus représenté que dans les symptômes signifiants de l'hystérie. Encore faut-il se boucher les oreilles à ce qui chez l'hystérique vient traduire qu'au-delà du symptôme le corps parle. Et quand je dis le corps, c'est déjà une interprétation, la formulation freudienne serait : « Ça parle ». Quant au balancement, au remplacement mutuel qu'il peut y avoir entre une maladie organique absolument réelle, incontestable, matérielle, mesurable, objectivable et des perturbations dans l'ordre de la parole, balancement noté bien avant le développement de la psychanalyse, ce n'est pas parce que des non-analystes ont pu le mettre en évidence qu'il faut rejeter cette dimension qu'on appellera pudiquement psychosomatique, comme n'ayant rien à faire avec la psychanalyse. C'est ce qu'on entend et lit trop souvent.

Bien sûr, il est moins commode d'introduire le corps et l'organique. Ainsi, lorsque Freud dit que la reconnaissance de facteurs organiques ne nous dispense pas de comprendre, il veut très exactement dire que nous ne sommes pas dispensés d'essayer de faire entrer ces dits facteurs dans le compréhensible ou, en tout cas, dans ce qui circule par la langue. Aussi, chaque fois que quelqu'un vient me bassiner avec la pureté de la psychanalyse, psychanalyse dure et pure, qui ne concerne et ne s'occupe que de la parole, eh bien, celui-là est en dehors de l'enseignement de Freud.

Si les affirmations freudiennes désignent une certaine représentation que Freud pouvait se faire du biologique et même si à la limite on peut dire qu'à chaque fois qu'il en parle, il développe une certaine idéologie, comme par exemple lorsqu'il se réfère à la phylogenèse ou à la mémoire héréditaire, il est certain que Freud ne méconnaissait pas et ne pouvait méconnaître ses antécédents scientifiques de chercheur dans le domaine zoologique ou anatomique. Ses antécédents ne constituent pas une fausse route ou un fourvoiement parce qu'ils sont justement ceux qui lui ont permis de parler de la biologie autrement qu'à travers le seul langage. Il avait repéré la différence et il n'aurait jamais été amené à inventer la psychanalyse s'il n'avait pas vu la différence qu'il y avait entre les symptômes évocables chez les hystériques et, non pas les symptômes, mais les faits biologiques qu'ils avaient, eux, à connaître. Cette reconnaissance des facteurs organiques devance, actuellement encore, la recherche parce que les facteurs organiques en matière d'homosexualité, ça ne court pas les rues. À ce sujet, il faut que je rectifie le fait qu'à un moment donné j'avais été amené à éliminer la dimension biologique, dans l'effet du désir par exemple, lorsque je disais que lorsque l'on désire quelqu'un, on ne peut pas prévoir ; autrement dit, ça ne dépend pas de notre propre corps que ce quelqu'un désiré réponde oui ou non – je mettrai ça pour l'instant en suspens, je n'en suis absolument pas certain. Je ne vais, bien sûr, pas me mettre à délirer sur les hormones qui m'amusent beaucoup en ce moment, mais en tout cas cela nous indique la voie qui nous manquait pour repérer quelque chose de ces effets à distance. On trouve des choses très amusantes sur les copulines des primates hystérectomisées, devant quoi nos bons auteurs pourront voir des choses très drôles, mais le psychanalyste ou le psychiatre ou tous les psy du monde auront bonne mine lorsqu'on viendra leur démontrer chimiquement que, si un Monsieur X est impuissant avec Madame Y, c'est justement parce que les copulines de Madame Y ne fonctionnent pas sur Monsieur X. Là nous aurons à nous souvenir de Freud, sans nous dispenser de comprendre pourquoi ni comment.

Venons-en à la fixation à la mère, mère révélatrice des premiers plaisirs, séductrice à la rigueur... Ce qui était particulièrement vrai dans la classe sociale où Freud exerçait ses ravages et il avait probablement affaire à des femmes oisives dont la seule distraction légitime et légale était l'enfant. Pour ceux qui voudraient en savoir plus sur ce que dans d'autres contextes on a appelé la « yiddische Mamme », je les renvoie à ce que j'ai un jour commis sur *Portnoy et son complexe*[1].

Voyons de plus près ce qu'on entend par fixation. Bien sûr, ce terme a un usage connu, codifié et probablement clair pour ceux qui l'emploient, du moins je le souhaite. Dans le langage psychologique, il ne m'est jamais arrivé de voir un texte où ça ne fourmille pas de fixations dans tous les sens. Sans être skieur, je sais qu'en matière de skis, la fixation – et j'introduis ici ce terme pour vous faire toucher du doigt que l'on oublie habituellement, lorsqu'on en parle en psychologie, qu'il désigne l'acte de fixer, autrement cela s'appellerait une « fixion », avec x – donc, la fixation à la mère est bien un acte commis par la mère. Comment une mère peut-elle affixer ainsi un enfant sur elle et, pourquoi pas puisque c'est la saison, le crucifier sur elle ? On a beau-

1. Israël L., *Portnoy parmi nous*. Conférence aux Journées de psychiatrie franco-israélienne. Revue de l'AMIF, 202, 1972, p. 15-55.

coup accusé dans cette histoire-là, mais on a oublié la mère. C'est le moment d'y penser lorsque l'on aborde de front l'homosexualité.

La mère peut le faire au moment où elle est toute-puissante ; qu'on le veuille ou non, et c'est encore de la biologie, pour le nourrisson la mère est toute-puissante, c'est-à-dire qu'elle a, dans les bons cas quand elle le sait et dans les mauvais cas à son insu, droit de vie et de mort sur lui. Je ne pense pas que sciemment elle le tue souvent ; elle attend qu'il ait grandi pour ça, mais à son insu. Et là encore tous les bons psychologues ou observateurs de bébés, notamment hospitalisés, vous apprendront que la mort des enfants en bas âge – je vous renvoie aux travaux de Spitz[1] – n'est pas étrangère à l'attitude de la mère à l'égard non seulement de cet enfant mais de sa conception et du désir qu'il représente. Bien entendu, de cette manipulation qui l'a fixé à la mère l'enfant ne saura rien, grâce à l'image narcissique qui mérite, au point où nous en sommes, un petit développement. Lacan n'a pas apporté au monde la révélation de l'image au miroir, ce n'est pas lui, je vous le rappelle, qui a inventé les miroirs ni appelé certains miroirs qu'on mettait dans les boudoirs des psychés. S'il ne nous avait pas fait don de cette connaissance, des mères auraient quand même porté les enfants devant le miroir, afin que se crée une image de l'enfant derrière laquelle la mère puisse se cacher. À partir du moment où, dans cette assomption jubilatoire, pour reprendre les termes lacaniens, l'enfant se sera enferré dans la conviction que sa toute-puissance est due à son

1. Spitz R., *De la naissance à la parole*, PUF, Paris, 1968.

narcissisme ou, plus exactement, que le narcissisme vient représenter sa toute-puissance de sorte qu'il est devenu, terme freudien, *« his majesty the baby »*, sa majesté le bébé, à ce moment-là, la mère peut passer dans les coulisses et, comme au théâtre, tirer les ficelles... Parce que l'image narcissique n'existe pas sans la bonne volonté ou le bon gré de la mère, nécessaire pour que se constitue cette image narcissique indispensable non seulement à la survie mais à la vie, image narcissique sans laquelle l'être humain ne s'accorde même pas ce minimum de sérieux, et il n'en faut pas beaucoup, pour accepter les conventions et les convenances du groupe dans lequel il vit. Lorsque sa mère ne lui permet pas, pour son propre plaisir d'ailleurs en même temps, d'acquérir ce narcissisme, cette image narcissique, il sera parfaitement incapable de passer au stade où il nous devient accessible, à savoir au stade de la parole. Je ne veux pas dire qu'il ne parlera pas, mais il parlera en psychotique.

Bien sûr, je vous l'ai dit, du côté de la mère, ce n'est pas conscient et, du côté de l'enfant, encore moins, mais quelque chose s'organise à ce moment-là lorsque la fixation se fait. N'allez pas confondre image narcissique et fixation. L'image narcissique peut servir à la fixation, c'est un mésusage de cette image qui amène l'enfant à rendre indissociables son image narcissique et l'image de la mère. En quelque sorte, mais ce n'est pas indispensable, il y a là abus de confiance, c'est-à-dire que quelque chose, à ce moment-là, peut s'organiser dans le fantasme – je vous rappelle la formule lacanienne du fantasme : le sujet de l'inconscient en relation variable avec un objet, objet désiré, plus exactement objet cause du désir – où c'est la mère qui vient prendre la place de cet « objet *a* », mais d'un « objet *a* » rendu égal à tout (T. O. U. T.). « Ma mère que j'aime beaucoup m'a tout donné », voilà le genre de conneries qu'on fait apprendre aux gosses un peu avant le certificat d'études, ou après, je ne sais pas, quand on récite devant le monument aux morts le 14 novembre ou le 11 juillet – je vous fabriquerai encore quelques autres dates de ce genre ; il y a là un abus de confiance qui amène l'enfant à confondre « tout » et la cause du désir. La fixation, en résumé, c'est l'absence du « défixateur », elle ne se produit que lorsque quelqu'un a manqué pour arracher les clous au bon moment.

Un autre terme qui nous est aussi jeté en pâture par Freud dans ce court texte, c'est le mot « identification », mot beaucoup trop vaste lui aussi ; et l'on ne peut que sabrer pour distinguer quelques aspects de cette identification. Identification, identité, les gens sont en général bien embarrassés pour distinguer les deux. L'identification peut être l'imposition à un groupe d'un but commun, le résultat en est l'identité entre eux de ceux qui appartiennent à cette classe et poursuivent un but commun qui peut, par exemple, s'appeler : *« Ein Volk, ein Reich, ein Führer »*, je vous laisse trouver les équivalences dans toutes les langues que vous voudrez. En français, ça deviendrait : « Tous égaux devant la loi ». Je vous renvoie pour plus ample informé à un petit livre de Denis Langlois qui se lit en quelques heures comme un roman policier et qui s'intitule *Les Dossiers noirs de la justice française*, illustration de « Tous égaux devant la loi ». En tout cas, chaque fois que se crée ainsi une classe de personnages identiques ou égaux entre eux, classe déterminée par l'existence d'un référent extérieur à cette classe, le but téléologique de la manœuvre est de faire prendre en charge par cet au-delà du groupe le désir de ce qu'on ne peut plus appeler à ce moment-là des sujets, mais des individus. À côté de cette identité de but, il peut y avoir la recherche de l'identité de chose, l'identité réifiée, où la substitution de deux prétendus identiques fait que ce qui se substitue est ramené à l'objet, comme c'est le cas, par exemple, tant dans les névroses que dans l'homosexualité qui nous intéresse, avec la substitution des images paternelles ou maternelles.

Il y a aussi une identification, cette fois-ci spéculaire, où l'équivalence se fait au niveau des images et je vous rappelle ce que je disais de l'apparition dans le travail analytique, avec les femmes notamment, des effets de l'apparition dans le champ de l'analyse d'une femme célèbre. Enfin, l'identification à laquelle il faut aboutir, c'est la substitution à l'objet du signifiant, c'est-à-dire la symbolisation de l'objet, qu'on peut définir dans un autre registre comme le meurtre de la chose. À ce stade de mon propos viennent à leur place deux des points du texte de Freud, à savoir d'une part l'intérêt du futur homosexuel pour les objets du même âge que lui lors du revirement dont je vous ai déjà entretenu, et cette affirmation que le choix narcissique est plus facile que le choix objectal hétérosexuel. L'identification au niveau des images, ou identification spéculaire, fonctionne à ce niveau-là et je dois souligner qu'il est impossible dans ce type d'identification de distinguer quelque chose qui serait spécifiquement pervers. Freud le dit, le mécanisme en jeu est un mécanisme purement névrotique et il nous amène à réfléchir par l'introduction qu'il fait de la notion, du concept diraient certains, de choix. Le choix est un acte conscient : même si on ne sait pas pourquoi on choisit, on sait que l'on choisit. Ou bien on choisit la sécurité, c'est-à-dire justement toutes les possibilités de perversion, par exemple l'objet sexuel garanti par contrat, contrat de mariage, ou bien la série des désirs déterminés, engendrés, enchaînés par un scénario, délimités par un cadre et par un temps. Il s'agit là d'un choix narcissique.

Comment peut-on dire qu'un tel choix – qui concerne précisément autrui, un autrui qu'on paie bien sûr, d'une façon ou d'une autre, et qui paie, car en général ce genre de scénario, dans mon fantasme tout au moins, c'est le Club Méditerranée qui dure trois semaines en saison et quatre semaines hors saison, car il faut un peu plus de passion quand il fait froid – comment un tel choix peut-il être narcissique ? Les personnages qui occupent dans le scénario pervers une certaine place ne se distinguent en rien des personnages du rêve. Dans les rêves que l'on qualifie d'érotiques, ils ont la même fonction que la mise en jeu dans la réalité d'un scénario pervers. Les personnages du scénario sont propres au sujet qui invente le scénario, de même que lui sont propres les personnages de ses rêves. Au passage, on peut retenir du rêve que tous les personnages qui y figurent ne sont autres que le sujet lui-même. Quels que soient les rencontres, restes diurnes ou souvenirs infantiles que le sujet vous amène, ce dont il rêve ce ne sera jamais la vérité d'autrui, les personnages ne sont là que comme comparses, pour porter une partie de sa propre subjectivité. Voilà établie l'une des possibilités du choix, le choix de la sécurité, autrement dit le choix de la perversion.

L'autre choix, l'autre possibilité de choix, le plus difficile sans doute selon Freud, c'est le choix objectal hétérosexuel ; on laissera ce terme au « racisme » de Freud car je ne vois pas d'inconvénient à ce qu'on choisisse objectalement un personnage homosexuel, mais c'est moins facile que le choix narcissique. J'insiste ici sur la différence qu'il fait et qui laisse la porte ouverte à un amour autre que narcissique. Peu importe qu'on appelle cet amour objectal ou, comme je préférerais le nommer, transnarcissique. Le choix de l'objet laisse la place justement à la subjectivité de cet objet, au libre arbitre de cet objet, c'est-à-dire respecte l'autre, *« Rücksicht »*, en tant qu'autre, avec tous les risques que cela fait encourir à l'un. À ce moment-là, on a affaire justement à quelque chose qui n'est plus garanti, exposé à se perdre ou à vous perdre, à être perdu. Le risque encouru ici est justement la liberté de l'autre et j'en reviens ici à une allusion faite par Lacan lors de sa présentation télévisée : « une femme ». Ce qui distingue ce « une femme » de « La Femme », n'est pas du tout le F majuscule, le F majuscule est un leurre, une véronique. Le « une », article indéfini, laisse une liberté beaucoup plus grande que l'article défini « La ». Là, on n'est plus dans le fantasme, mais dans le scénario pervers. Dans ce scénario, en effet, le sujet met en jeu quelque chose qu'il va appeler « La » femme.

Le passage à un autre objet, autre point que je voulais développer, c'est la difficulté qui naît de ce que la mère a fonctionné comme « objet *a* » ; entre cette mère et l'enfant s'est nouée une situation passionnelle, à tel point qu'avec la perte de cet objet apparaît l'angoisse maximale à laquelle le sujet peut être exposé, angoisse susceptible de lui faire frôler la psychose ou de le faire basculer dans la psychose. Reportez-vous à votre propre expérience, ou à vos lectures, concernant l'angoisse par perte d'objet. On pourrait également développer l'engendrement de la psychose à partir de cette perte. L'« objet *a* » peut être référé au phallus symbolique, à ce que Lacan écrit : - φ, c'est-à-dire quelque chose qui n'est pas représentable et devient un signifiant dans lequel tous ces objets peuvent être résumés. L'objet sans le - φ n'est pas nécessairement là, aussi longtemps que le symbole fonctionne, aussi longtemps qu'il est symbolique. Or l'objet désiré ou l'objet aimé est avant tout un objet nommé. Le nom de l'objet aimé est lié à cet objet qui en devient le signifié. Et c'est là l'un des rares exemples où quelque chose vient fonctionner comme un signifié. Que ce signifié disparaisse et il entraîne avec lui le rejet, la *Verwerfung*, du nom sous lequel cet objet aimé était désigné. Or, le rejet d'un signifiant est toujours un événement d'ordre psychotique. Je vous donnerai comme exemple les hallucinations de noms, expérience que beaucoup de gens peuvent faire, par exemple en situation analytique à un moment donné, de s'entendre appeler, pas du tout sur le divan du psychanalyste, mais n'importe où... « On » m'appelle... Cette expérience peut toujours être rapportée à cette découverte que l'analyste n'est pas la mère, n'est pas l'objet d'amour, aimé ou aimant, peu importe ici. Cette disparition, ce retrait de l'analyste en tant qu'objet aimant ou protecteur ou tout ce que vous voudrez entraîne comme la disparition de n'importe quel objet d'amour, une perte d'identité qui est compensée partiellement par l'hallucination. Si, dans la réalité, plus personne ne m'appelle par mon nom – c'est le nom qui est ici objet d'amour –, alors j'hallucine quelqu'un : « On » m'appelle. Le sujet ne se constitue dans l'après-coup que par la voie du désir réalisé, c'est-à-dire quand il a osé risquer son désir ou que le risque du désir a été assumé. Je vous rappelle ici l'introduction et les généralités sur les perversions, notamment celles qui concernent le désir normal. Ainsi, un tel sujet marqué des désirs osés, qu'on a osés et même parfois osé réaliser dans le passé, surgit traversé par l'expérience du désir. À partir de ce moment-là son identité n'a plus à être assumée par autrui et le changement d'objet d'amour devient possible, sinon facile. Alors peut se réaliser ce qui peut d'ailleurs être un souhait de Freud, quelque chose de l'amour transnarcissique.

8 avril 1974

10

Réhabilitation de Freud

« Da wir die Zurückführung der Sexualerregung auf die Wirkung bestimmter chemischer Stoffe nicht abweisen können, liegt zuerst die Erwartung nahe, dass uns die Biochimie eines Tages einen Stoff darstellen wird, dessen Gegenwart die Männliche, und einen, der die weibliche Sexualerregung hervorruft. Aber diese Hoffnung scheint nicht weniger naïv als die andere, heute glücklich überwundene, unter dem Mikroskop die Erreger von Hysterie, Zwangsneurose, Melancholie usw. gesondert aufzufinden[1]. »

Certaines personnes m'ont posé dans l'anonymat des questions dont je vous livre la teneur :

– Comment concilier l'enseignement universitaire de la médecine et la psychanalyse ?

– Le fait d'être analyste est-il conciliable avec une fonction d'expert auprès des tribunaux ?

– Comment articulez-vous la notion d'amour transnarcissique avec le discours freudien sur l'amour ?

Je pense qu'il faudrait dissocier les propositions.

1. Freud S. (1931) « *Über die weibliche Sexualität* », *Gesammelte Werke*, XIV, p. 534.

Ces questions sont à l'évidence des demandes d'analyse émanant de ceux qui les ont rédigées ainsi à mon adresse et qui ont quelque crainte de ce que l'analyse soit quelque chose qui puisse les toucher de là où ils ne l'attendent pas.

Je ne trouve pas du tout que parler d'analyse dans un amphi, à la radio ou n'importe où soit une situation paradoxale ; d'aucuns souhaitent que le discours de l'analyse se taise de façon à devenir plus conforme à ce qu'ils supposent de l'analyse.

Comment concilier le métier d'analyste et celui d'expert ? Si c'est un métier, il est sûrement conciliable avec n'importe quoi.

Le discours de l'analyste a à se porter là où l'analyste ose le supporter et le manifester. Actuellement l'analyse est un engagement ; l'analyse ésotérique est passée de mode, bien qu'elle persiste à se porter, voire se colporter dans toutes les instances dites internationales qui se veulent les « conservatoires » de l'analyse. Si quelque chose de l'analyse peut être entendu, le public ou le groupe importe peu. Ceci ne pourra se faire que si des analystes osent, comme je l'ai dit, supporter le discours analytique.

Quant au « Comment accorder la notion d'amour transnarcissique avec le discours freudien ? », cela revient à dire qu'on n'a rien compris à Freud, qui n'a cessé d'affirmer que l'amour commence par le narcissisme et non qu'il se borne au narcissisme ; il a même dit que la psychanalyse commençait par l'amour.

Si l'analyse apparaît dans les hôpitaux psychiatriques et dans les institutions, nous ne pouvons que nous en féliciter et en féliciter les médecins qui, dans ces institutions, osent la promouvoir. Sinon, je ne vois pas à quoi elle servirait d'autre.

Nous commencerons aujourd'hui le commentaire du texte de Freud : *« Über einige neurotische Mechanismen bei Eifersucht, Paranoïa und Homosexualität »*, « À propos de quelques mécanismes névrotiques dans la jalousie, la paranoïa et l'homosexualité ». J'emprunte à ce texte, comme vous l'avez certainement lu, une citation que je n'ai pas écrite ici, elle doit vous être familière :

> *« Die Anerkennung des organischen Faktors der Homosexualität überhebt uns nicht der Verpflichtung die psychischen Vorgänger bai ihrer Entstchung zu studieren*[1]. »
> « La reconnaissance du facteur organique de l'homosexualité ne nous dispense pas de l'engagement d'étudier les processus psychiques au niveau de leur éclosion. »

Le texte que j'ai commencé à écrire au tableau (au début de la séance du 18 mars), extrait de *« Über die weibliche Sexualität »*, « Sur la sexualité féminine », je vous le traduis en poursuivant là où je me suis arrêté :

> Comme nous ne pouvons pas rejeter l'excitation [...], le fait que l'excitation sexuelle se ramène à l'effet de substances chimiques, la première attente qui s'offre à nous est que la biochimie puisse un jour produire une substance dont la présence provoquera l'excitation sexuelle masculine, et une autre qui produira l'excitation sexuelle

1. Freud S. (1922) *« Über einige neurotische Mechanismen bei Eifersucht, Paranoïa und Homosexualitat », G. W.* XIII, p. 198-204.

> féminine ; mais cet espoir ne nous paraît pas moins naïf que cet autre, aujourd'hui heureusement dépassé, de découvrir sous le microscope l'agent provocateur de l'hystérie, de la névrose obsessionnelle, de la mélancolie et de les trouver distincts. »

Ce texte nous servira d'exergue.

Il est difficile, lorsque l'on envisage de parler d'homosexualité, d'éviter de se répéter. C'est pourquoi je vous renvoie, pour tout ce qui est de la clinique de l'homosexualité, aux traités classiques où vous trouverez une ample moisson d'informations sur les formes, les allures, la fréquence, le quotient homosexuel en chaque être humain et parfois aussi la répression, mais pas toujours. Selon certains auteurs, ce n'est pas la répression qui apparaît, mais la référence à la catégorie du mal ou du « sale », surtout pour ce qui concerne les petits garçons, pensez donc ! Chacun sait bien que les petits garçons sont exposés à des traumatismes sexuels par des vilains messieurs, des tristes sires comme on dit habituellement dans la littérature journalistique, qui, au fond, ne leur font rien. Ce « rien » laisse peut-être à vif un désir insatisfait ou désir tout court. S'il n'y a pas de satisfaction du désir c'est qu'aussitôt satisfait il renaît. N'allez pas pour autant supposer qu'il y aurait un effet traumatique, puisque je ne cesse de vous dire que le traumatisme, c'est précisément l'absence d'apparition du désir. Ce « rien » infligé aux petits garçons peut laisser le souvenir d'un désir qui sera réprimé non pas par l'enfant, mais par le milieu dans lequel il vit.

En fait, j'ai envie d'intituler ce premier temps de notre étude de l'homosexualité « Réhabilitation de

Freud ». Pourquoi réhabiliter Freud, si ce n'est pour l'opposer à tout ce savoir qui pèse sur l'homosexualité, émanant de gens qui s'arrogent le droit de juger les homosexuels, tout en sachant qu'on ne jouit bien que dans le sein de la mère (-patrie) de famille ? Je le réhabilite aussi par rapport aux scientifiques auxquels était destiné ce persiflage d'un homme de 75 ans qui, en écrivant « La sexualité féminine », dénonce le ridicule qu'il y a à rechercher dans un organisme une cause du désir, ainsi que les effets de ce désir. Il est absolument impensable, sur le plan logique le plus rigoureux, d'envisager que le désir n'évolue pas en fonction d'un objet. Si cet objet est vivant, rien ne peut prévoir en l'un la réponse de l'autre. Une étude scientifique étriquée du désir est critiquable au sens où elle est méconnaissance de la subjectivité. La subjectivité n'est pas l'intersubjectivité, dont les éthologistes ne manqueront pas de faire une substance repérable, mesurable et dosable. Pourquoi pas « l'exaltoïde », pendant qu'on y est, puisque ça existe et a affaire avec l'olfaction. L'exaltoïde étant quelque chose qui vient exalter les odeurs, on en trouve dans les déodorants qui ont pour effet primitif et primordial d'exalter les odeurs qu'ils veulent détruire. Ainsi, actuellement, dans les appartements modernes, vous avez droit, non seulement aux frites ou aux étrons qui sentent la rose, mais aussi aux c... qui sentent la violette.

L'autre référence à l'égard de laquelle il s'agit de réhabiliter Freud est celle des psychanalystes infantilisés par MM. Hartmann et compagnie. Ils n'ont pas mûri plus loin que les orifices, que je vous laisse le soin de deviner, où siègent les pulsions partielles, en tentant d'expliquer – le terme s'impose lorsqu'il s'agit d'orifices plissés – l'homosexualité par l'érotisme anal. L'homosexualité exigerait-elle une relation particulière à l'analité et l'autre sexe ou n'importe quel sexe n'offriraient-ils pas les mêmes satisfactions anales ?

À partir des textes de Freud, la place est ménagée à ce qui manque dans tous les manuels classiques, à savoir l'homosexualité féminine, le transvestisme et le transsexualisme, qu'il nous faudra au moins situer par rapport à l'homosexualité, de façon à ce qu'on ne les confonde plus avec elle.

J'ai donc choisi, pour parler d'homosexualité, de me laisser dériver à partir d'un texte freudien et de ses surprises. Tout d'abord à propos du titre : *« Über einige neurotische Mechanismen »*, « À propos de quelques mécanismes névrotiques dans la jalousie, la paranoïa et l'homosexualité », titre pour le moins étonnant puisque les trois thèmes à partir desquels Freud choisit d'étudier des mécanismes névrotiques sont des domaines qui relèvent classiquement du normal, du psychotique et du pervers. Et, malgré ces trois références précises, Freud étudie des mécanismes névrotiques. Est-ce à dire qu'il fait de la jalousie, de la paranoïa et de l'homosexualité des névroses ? Certainement pas, mais il va tout de même repérer ce qui dans ces domaines relève de la névrose et donc, par là même, de l'analyse freudienne.

À l'évidence, quelques appuis solides sont retirés à une nosologie dite psychanalytique. Si Freud s'autorise à mélanger des mécanismes névrotiques avec d'autres champs d'application éventuelle de l'analyse, c'est qu'il a probablement de bonnes raisons pour le faire. Les catégories derrière lesquelles on a l'habitude de se réfugier sont peut-être moins solides qu'on ne le croit. Une certaine psychanalyse post-freudienne, parfois universitaire mais surtout transaquatique ou outre-atlantique, exportée outre-Rhin avec les surplus américains, aurait tendance aujourd'hui à promouvoir ces catégories rassurantes.

Nous en sommes donc à balayer un structuralisme rigide et inquisiteur. Par son titre même, le texte freudien nous dit que nul n'est condamné à rester toute sa vie dans la catégorie où le testeur officiel l'a enfermé. Un « fou » peut guérir, alors qu'un normal peut devenir fou ou pervers et toute la combinatoire peut être développée.

Ainsi, on peut voir apparaître chez un « fou » parfaitement constitué répondant à tous les critères de la folie un symptôme psychosomatique et, du même mouvement, assister à la disparition de la psychose. À ce propos, je rappellerai ce que Lacan disait au cours de sa deuxième émission télévisée – je pense que la plupart d'entre vous l'auront suivie – lorsqu'il tentait d'évacuer le terme de dépression. Il a rappelé que la dépression n'existait que dans un certain langage nosologique, autrement on l'appellerait la tristesse. Si l'on voulait aller plus loin et s'interroger sur ce qu'est l'affect, on découvrirait que cet affect tire son sens, ou plutôt sa signification, du discours. La tristesse en question, intitulée dépression, il l'appellerait lâcheté morale. Libre à vous de qualifier ce propos de savoir...

Dans la première citation que j'ai donnée, nous relevons le terme de *« Verpflichtung »*, engagement ; vous êtes un peu jeunes pour vous souvenir des mésusages de ce terme, mais il existait dans l'Allemagne nazie une journée intitulée : *« Tag der Verpflichtung der Jugend »*, la journée de l'engagement de la jeunesse, l'engagement à la défense de la cause la plus fourvoyée qui ait jamais été. Freud employait ce terme avant de connaître cette dérive. Entrer dans un groupe d'analystes qui veut parler d'analyse, c'est un engagement revendiqué ou plutôt exigé par l'École freudienne : on entre dans l'École en s'engageant dans un travail. Être psychanalyste, c'est s'engager à défendre une cause. La cause psychanalytique est une cause politique.

On ne devient pas psychanalyste pour avoir une facette psychiatrique de plus, donnant le droit de faire des consultations et des traitements sans être médecin ou pour s'octroyer des satisfactions intellectuelles à comprendre comment fonctionne l'esprit du voisin ou s'accorder des jouissances secrètes à ouïr ses imaginations et surtout ses misères. Être psychanalyste, c'est s'opposer à toute réduction de la dimension humaine à une surface moïque qui se résumerait à un moi revêtu de toutes les identifications sociales, conditionnable par toutes les entreprises et selon toutes les morales. Car c'est une morale aussi que d'affirmer qu'il faut se reproduire pour fabriquer des ouvriers ou de la chair à canon. C'est une morale que d'insister sur l'irremplaçabilité du couple, au risque de développer un ennui tel qu'il ne reste plus au sujet qu'à travailler, produire et surtout fournir à chacun un conjoint qu'on peut rendre responsable de tous les malheurs et de toutes les catastrophes. Ainsi, on ne cherchera pas ailleurs la cause de ses malheurs. Cette même morale nous dit qu'il faut boire du whisky, du Coca-Cola, de la vodka, du bordeaux et avaler la couleuvre de l'université-gouvernement-clergé-noblesse. La trahison, pas celle des clercs, mais des psychanalystes américains et de leurs féaux européens, éclate. Même si la France fait de nobles efforts pour sortir de toutes les organisations atlantiques aliénantes, la S. P. P., l'A. P. F. et la D. P. V. font partie de l'I. P. A. Que signifient tous ces sigles si ce n'est que la Société psychanalytique de Paris, l'Association des psychanalystes de France, la *Deutsche psychoanalytische Vereinigung* font partie de l'*International Psychoanalytic Association* ? Une internationale à laquelle on a affaire lorsqu'on veut chercher des poux aux psychanalystes. On a toujours intérêt à se demander si c'est pour promouvoir le pouvoir de l'I. P. A. ou bien si c'est pour lutter pour la psychanalyse.

De fait, pour l'I. P. A. et ses dépendances, l'inconscient est une espèce de mystico-métaphysique que la science parviendra un jour à transformer en discours logique, enseignable et accessible à tous ; les orthophysiciens avec nous ! Il n'y a plus d'ombre, il n'y a plus de Styx, finis les Achérons qu'il faut remuer pour interpréter les rêves et, avec Hartmann, en route vers une psychanalyse du conscient et de la consommation ! Car la psychanalyse du moi ou, plus exactement, la psychologie du moi ne tient pas compte de l'inconscient. Dans la psychologie du moi, l'inconscient est une espèce de dépendance gênante, un reliquat comme certains organes résiduels dans l'organisme qui n'ont pas plus de fonction ni de sens que le diverticule de Mechel ou l'appendice. Cette psychanalyse évidemment tentante constitue une menace que nous pouvons lire dans cette proposition de Freud d'étudier *« die psychischen Vorgänger bei ihrer Entstehung »*, les processus psychiques au niveau de leur éclosion.

Faut-il entendre là une apologie de la psychanalyse génétique ? Probablement pas, mais plutôt une limitation de notre recherche. Nous avons à étudier les processus psychiques au niveau de leur éclosion ; et au-delà nous n'avons plus à nous en occuper. Ils n'appartiennent pas à l'analyste, mais au sujet qui fait de ses désirs une fois constitués ce qu'il veut. Le respect de la liberté qu'on peut lire dans cette phrase de Freud est à opposer à tout ce qu'il peut y avoir d'adaptatif dans la psychanalyse. Mais n'allez pas croire que la psychanalyse consiste exclusivement à désadapter, comme on l'entend dire trop souvent, parce que c'est exactement la même chose qu'adapter le sujet ; dans les deux cas, adapter le sujet ou le dresser à se désadapter, c'est le priver de la disponibilité de son désir. Il lui appartient de choisir ce qu'il veut faire de ce désir, ce qui ne regarde pas l'analyste, que ça lui fasse plaisir ou deuil, que le sujet en question devienne un bon ou un mauvais citoyen. Nous n'avons pas à nous occuper du fait que quelqu'un vient nous présenter cette adaptation ou cette inadaptation comme un symptôme qu'il demande à comprendre. Cela est confirmé dans ce mot de Freud : l'éclosion des processus psychiques, où il ne dit pas que nous avons à les guérir.

Que nous donnions à l'analysant la possibilité d'y renoncer est une chose, qu'il veuille y renoncer ne nous appartient pas.

La deuxième citation que j'ai commencé à écrire ici est plus importante et je la commenterai comme le reste du travail sur les mécanismes névrotiques en m'intéressant tout d'abord à ce terme de *« Zurückführung der Sexualerregung »*. *Zurückführung* qu'il convient ici de traduire par « réduction » non pas de la sexualité, mais de ce qui la met en marche, par une substance que la chimie pourrait mettre à notre disposition... Et Freud fait semblant d'admettre ici qu'il existe une substance qui déclenche l'excitation mâle et une substance qui déclenche l'excitation femelle, paraphrasant ainsi le « homme et femme il les créa » ; ici trouverait place le technocrate, le scientifique moderne dont le double souci serait à la fois de servir de modèle et de se calquer, voire de s'adapter à la civilisation qui le paie et lui fournit sa jouissance ; modèle et conformiste, le technocrate est un représentant en civilisation pour qui tout peut être compris et expliqué ; le tout compréhensible et explicable n'offrira pas la surprise de rencontrer la passion, l'amour, ni même le désir... On fumera ainsi sa pipe, on regardera les spectacles conseillés par le *Nouvel Observateur*, on ira en vacances en Espagne pour regarder au retour les photos avec les copains autour du nouveau plat inventé par l'épouse entre deux « 5 à 7 » – lorsqu'elle n'est pas trop moche ou trop phobique pour ça –, photos entre lesquelles on pourrait, si quelque chose de vivant continuait à fonctionner, déceler ce qu'on a raté... L'espoir, selon Freud, de découvrir ces substances excitantes, mâles et femelles, n'est pas moins naïf que de vouloir repérer le germe de l'hystérie, de la schizophrénie ou de n'importe quoi sous le microscope..., le microscope de Virchow, bien sûr, dont j'ai raconté un jour l'édifiante biographie.

Les scientifiques sont naïfs et ils croient qu'à force de chercher on trouve. On a rabâché le « Je ne cherche pas, je trouve » de Picasso à en oublier que c'était une preuve de modestie ; pourtant ni Picasso ni Lacan n'offrent d'exemples de modestie et tous les deux ont dit : « Je ne cherche pas, je trouve. » Il y a bien une modestie à faire entendre dans cette phrase, non pas « Je ne cherche pas, je trouve », mais « Je ne cherche pas, je crée ». Lorsque Lacan dit que, dans dix ans, tout le monde le comprendra, ce qui est probablement vrai, il se fonde sur l'exemple même de Picasso qui, il y a quelques années encore, suscitait des levées de boucliers. Actuellement, il serait fort mal venu de dire qu'on n'y comprend rien. Je crois même que les plus béotiens en matière d'art se rendent compte que Picasso a subverti une espèce d'art stipendié qui se vendait et était coté selon le nombre de médailles, de prix ou de places au concours des exposants aux salons officiels. C'est Picasso qui a mis en formule picturale ce que la peinture du XIXe avait d'odieux. En passant, on peut remarquer que cet art officiel ressemble à s'y méprendre, comme un frère jumeau, à ce qu'on appelle le réalisme socialiste. Cette naïveté des scientifiques les distingue des cliniciens dont, pour une fois, je fais l'apologie, ces scientifiques qui répètent : « Il ne faut pas nous prendre pour des naïfs », espèce de cri de ralliement digne d'une ligue syndicale.

Après cette digression, revenons à l'agent de l'hystérie, de la névrose obsessionnelle et de la mélancolie. Freud, en balayant ces agents et en rappelant qu'il n'y a pas à les chercher, subvertit une certaine nosologie rassurante qui, assurément, est loin d'être morte. À multiplier congrès, réunions et symposiums où l'on cherche les substances susceptibles de créer ces psychoses ou ces névroses, on méconnaît encore une fois que la psychose aussi bien que la névrose ne naissent que de l'échec d'une communication.

Venons-en maintenant à la première partie de nos *« Neurotische Mechanismen »*, celle qui traite de la jalousie. Pour Freud, il y a un type de jalousie normale et son absence, dit-il, est pathologique, le travail commence de la sorte. Cette jalousie normale qu'il appelle jalousie concurrentielle, et il y a probablement là une confusion, nous avons à la traduire par rivalité, ce qui n'est pas du tout la même chose. Cette rivalité ne fonctionne dans la jalousie amoureuse que lorsque l'un des partenaires a été situé en position de mère. Dans la jalousie non délirante, fondée sur des faits réels, ce que le jaloux éprouve, c'est la perte du sein maternel. L'exemple classique de saint Augustin, où l'enfant au regard amer voit l'autre enfant téter un sein dont il a profité auparavant, donne la tonalité d'une jalousie concurrentielle. La rivalité s'y joue sur fond de perte d'un objet dont on pourrait disposer. Cette jalousie-là serait une fois de plus la précipitation d'une morale ambiante dont j'ai suffisamment montré la fonction.

Plus intéressantes pour nous sont les deux autres formes retenues par Freud, à savoir la jalousie projetée et la jalousie délirante. La jalousie projetée est moins compliquée qu'il n'y paraît, on y soupçonne l'autre parce qu'on est soi-même infidèle. Bien entendu, pour que ça fonctionne, il faut qu'on soit pris dans le système de la fidélité laïque, gratuite et obligatoire...

La jalousie délirante serait apparemment une troisième catégorie. À y réfléchir un peu, il n'est pas aisé de la distinguer de la forme précédente, la jalousie projetée, où l'on prête à l'autre une infidélité qui n'existe pas ou qu'on ignore. En fait, la jalousie délirante qui commence à soulever un coin du voile de l'homosexualité est, dans la grammaire de Freud, une forme de dénégation de l'homosexualité. La jalousie délirante, qu'il attribue à un homme à l'égard d'un autre homme, se déchiffre de la façon suivante : « Je ne l'aime pas, lui, cet autre homme ; c'est elle, ma femme, qui aime cet autre homme. »

18 mars 1974

11

Devenir mère, c'est perdre la féminité

Dans « À propos de certains mécanismes névrotiques dans la paranoïa, la jalousie et l'homosexualité » nous nous étions arrêtés à un passage où Freud dit que l'identification, l'identification à la mère, est un moyen de rester fidèle au premier objet d'amour.

L'identification au premier objet d'amour permettrait donc une sorte de fidélité. Qu'est-ce que cette fidélité, à quoi ou à qui peut-on être fidèle ? La fidélité en soi est une qualité canine, une vertu canine. Il y aurait d'ailleurs toute une étude à faire pour savoir comment cette vertu animale s'est transposée en une sorte de parangon pour l'être humain, en un modèle... Mais à qui peut-on être fidèle, sinon à soi-même ? C'est-à-dire que ce souci injustifiable et insoutenable par toute autre voie, par toute autre digression, discussion, réflexion, ce projet insoutenable, ne se justifie qu'à condition de désigner la nécessité dans laquelle se trouve l'être humain de conserver son image. Cependant, cette conservation de l'image, comme tout ce qui se passe par l'image, n'a rien à faire avec ce qu'un vain peuple appelle l'imaginaire, ou plutôt l'imagination. L'imaginaire, encore, on pourrait l'entendre parce qu'il a des applications précises actuellement qui n'ont rien à faire avec l'imagination. N'allez pas vous imaginer pour autant que ce qui est du ressort de l'image soit sans effet. Il suffirait de voir les images que l'on vend prétendument aux vieux messieurs et aux petits garçons – en fait, s'il n'y avait qu'eux pour les acheter, on n'en vendrait pas tant que ça –, ces images littéraro-pornographiques qui sont loin, précisément, d'être sans effet. On peut même se demander si ce ne sont pas les seules images qui produisent des effets. Que chacun imagine ici quels sont les effets en question.

Mais ce ne sont pas tellement ces effets-là que je vise actuellement, ce sont des effets infiniment plus subtils, par exemple la ressemblance des vieux couples, car à force de vivre ensemble, les gens finissent par se ressembler. Il en va de même de la ressemblance entre parents et enfants qui n'a rien à faire avec l'hérédité. C'est parce que les parents – les parents et toute cette parenté qui entoure le berceau, la cohorte des grands-parents, arrière-grands-parents, grands-oncles, grands-tantes et tout ce qui s'ensuit à la mode de Bretagne – disent du nourrisson : qu'est-ce qu'il peut ressembler à grand-papa Jules ou à grand-mère Rosalie... Et l'enfant finit, en effet, par ressembler au modèle qu'on lui propose. De ce fait, cette fidélité à l'image devient, lorsqu'elle est suffisamment impérialiste, une image imposée à autrui, à laquelle on se conforme non seulement moralement mais aussi physiquement. La preuve en est que ces pseudo-ressemblances – je parle notamment de ces ressemblances d'enfants à leurs parents – se défont et disparaissent lorsque l'enfant acquiert une certaine désaliénation par rapport aux parents, c'est-à-dire quand il réussit à satisfaire des désirs personnels. Au moment où quelque chose de l'ordre du sujet de l'inconscient s'est constitué chez l'enfant, ce sujet, lui, ne ressemble pas à un quelconque autre sujet de l'inconscient. Heureusement d'ailleurs pour l'enfant et pour ceux qui souhaiteraient cette ressemblance. La seule chose qui puisse ressembler aux parents est de l'ordre du moi, mais ce moi n'est pas seulement ce qu'on pourrait appeler une instance psychique – terme sur lequel je reviendrai encore – mais quelque chose qui s'inscrit au niveau de la peau. Nous retrouvons là ce que je disais lorsque je parlais de l'hystérie. Au niveau de la peau, l'image où nous avons pu repérer le souci de perfection fait partie justement de ce moi qui, d'être situé à la limite entre le sujet et l'autre, participe des deux et finit par refléter non seulement le sujet mais peut-être surtout l'autre. En tout cas, le moi tel qu'on l'utilise actuellement, celui dont on nous rebat les oreilles dans la psychologie du moi, est justement cette pellicule, ce vernis de l'autre répandu sur le sujet, mais vernis parfois suffisamment épais pour étouffer le sujet lui-même.

Ce qui nous donne donc un sens nouveau de la fidélité en général, celui de la fidélité narcissique, de la fidélité à l'image spéculaire.

Nous avons dit l'autre jour que le choix narcissique est plus facile que le choix objectal hétérosexuel, ainsi que le dit Freud. Cela nous montre surtout que le choix hétérosexuel est souvent un choix pseudo-hétérosexuel. En effet, qu'un homme choisisse une femme ou une femme un homme ne suffit pas pour établir un choix hétérosexuel. Il s'agit de connaître et de repérer le désir sous-jacent à ce choix. La femme fatale qu'on exhibe, que le PDG s'offre et montre sur les plages, de même que le fort en thème arboré par sa mère sont toujours autant d'images narcissiques, d'images de soi prises sur le phallus. Et ici il est nécessaire que je m'explique un peu sur cette image du phallus dont j'ai déjà parlé. En effet, que peut-on exhiber d'autre ? Mais justement, s'il y a une différence entre deux termes utilisés pour désigner apparemment la même chose, c'est que peut-être nous avons à découvrir deux choses différentes.

Je m'arrêterai un peu sur les différences, sur l'absence de rapport même qu'il y a entre ces deux désignations de l'organe génital mâle, le pénis et le phallus.

Le pénis, il n'est guère nécessaire de vous le décrire, on y reviendra peut-être tout à l'heure, j'espère qu'un certain nombre d'entre vous ont fait suffisamment d'anatomie pour l'avoir repéré, ne fût-ce que sur le cadavre... Mais le phallus, si on est tenté d'exhiber quelque chose ou quoi que ce soit, qu'est-ce que ça peut signifier d'autre sinon le manque de certitude où l'on est que cette chose à exhiber existe ou non : est-ce que ça existe ? Dans l'utilisation qu'en font les analystes, du terme signifiant phallus, du signifiant phallique, on n'a pas affaire à quelque chose de palpable, pourrais-je dire. C'est justement un signifiant qui demande peut-être à être rempli, qui demande à recouvrir un signifié, voire une réalité, ou simplement un objet à désigner. Cependant, dans la mesure où le signifiant phallus est utilisé dans un sens symbolique, il n'a qu'une fonction de signification et non pas de désignation et ne désigne pas tel ou tel organe ; il signifie au mieux un lieu où quelque chose peut advenir.

Or, ces objets exhibés, que ce soit la femme fatale, que ce soit le fort en thème ou même le pénis de l'exhibitionniste *stricto sensu*, sont en fait des phallus positivés, ce que l'on désignerait par un + φ. Phallus imaginaire, imaginarisé ou mis en image, cela revient à dire qu'une image est sous-jacente au symbole, alors que le symbole qui nous intéresse, comme indicateur d'une visée, le phallus, nous le désignons pour ce qu'il est, - φ, à savoir le signifiant du manque. Ce sont là, est-il besoin de le rappeler, les dénotations lacaniennes, je ne vais donc pas me les imputer. Mais étant donné que ces désignations ne sont pas toujours saisies, il n'est pas mauvais, je pense, de les reprendre. Cela nous amène à la remarque freudienne suivante, celle de la valorisation du pénis, la valorisation de l'organe mâle, aussi bien par le petit garçon que par la petite fille. Quand Freud nous dit que les deux, petit garçon et petite fille, considèrent ce pénis comme la valeur la plus enviable, que veut-il dire ? Il s'agit bien de la valeur et non pas de l'usage hédonique éventuel qu'on peut en faire. Ce que je vous propose, ce que je me propose de montrer aussi, c'est que cette attitude de valorisation reprise par le garçon et par la fille est bien une attitude reprise de la mère.

Différentes voies sont ici à développer ; je m'en tiendrai à l'abord clinique. Comment le pénis est-il vu ? C'est une drôle de question. Mais, comme dans une blague classique, « y'en a qui en ont, y'en a qui n'en ont pas ». Ce qui fait que, pour une partie au moins de la population, cette vue du pénis, c'est une vue chez l'autre, car ce n'est pas chez soi qu'on va le voir. Restons-en au garçon. Bien sûr qu'il peut le voir et même directement. Je vous donne une petite indication clinique, vous en ferez l'usage que vous voudrez et vous verrez combien la chose est importante dans l'écoute que nous avons à maintenir des gens qui parlent. On fait état très souvent, et même dans les textes freudiens, de cas, pour prendre un terme neutre, de gens qui se regardent dans la glace à certains moments, de préférence, bien sûr, à poil et on se demande bien pourquoi les gens vont ainsi chercher leur image spéculaire.

Je pense notamment à l'Homme aux rats. Vous vous souvenez probablement de cet épisode répétitif chez lui où il sort, va sur le palier et rentre pour se masturber devant son miroir après avoir plus ou moins invoqué le père. Ces rituels ne sont pas du tout réservés aux grands cas névrotiques, tous les hommes les ont plus ou moins consciemment pratiqués ou les pratiquent, parce que cet organe si important, pour la mère surtout, est perçu dans le miroir plus grand que dans la vision directe. Je ne sais pas comment les psychologues appelleraient cette illusion d'optique. Il y a toute une série d'illusions d'optique telles que celle-ci et je m'empresse de vous confirmer que c'est une illusion. Ce qui se trouve de l'autre côté du miroir, il est difficile de s'en servir à moins de suivre l'exemple que j'ai déjà donné de la traversée du miroir et du devenir psychotique. À ce moment-là, peut-être qu'à ce prix, en effet, cet accroissement souhaité par les mères pourrait se réaliser. Donc le pénis dans le miroir est plus grand que le pénis réel ; c'est lui qui est vu plus grand...

C'est probablement l'une des fonctions, ce n'en est pas la seule, de ces chers miroirs de bordels dont je parle souvent et c'est vraiment une source d'observation extraordinaire. L'ethnologie, d'ailleurs, qui va fort loin pour étudier les mœurs des tribus primitives ou les mythes créateurs desdites tribus, néglige ce qu'elle a à portée de main. Je ne pense pas que beaucoup d'ethnologues se soient jamais penchés sur les miroirs des bordels, pourtant il y aurait des tas de choses à y voir, dans ces reflets narcissiques. On dit toujours que Narcisse s'est noyé à cause de sa belle gueule, je n'en sais rien, c'est peut-être autre chose qu'il a vu dans le miroir. Et s'il a essayé de traverser le miroir, il n'est pas sûr qu'il se soit noyé, il se peut très bien qu'il soit devenu fou. En tout cas, le miroir des bordels, sous prétexte de faire voir les détails du mystère féminin, sert essentiellement à la contemplation de sa majesté le pénis, de son altesse royale Pénis 1er. Voilà pour le pénis vu par l'homme.

Et la femme là-dedans ? Les hommes ont parfois des surprises devant ce que disent les femmes à la découverte dudit organe ou ce qu'elles croient devoir dire. On se demande où elles vont pêcher les choses qu'elles peuvent inventer à ce moment-là – quoique inventer, c'est encore flatteur, je dirais plutôt répéter ; dans quelle mauvaise littérature sont-elles allées trouver ces termes d'adoration auxquels elles ne croient guère plus, ou même beaucoup moins que celui à qui elles les adressent ? Mais soyons galants et pensons davantage aux inepties que disent les hommes dans la même situation. Glissons sur ce discours pour en rester un peu à la réaction devant le pénis. C'est bien souvent une réaction de surprise : Étonnante, cette chose... ou encore : « C'est étonnant qu'elle puisse bouger, qu'elle puisse changer... » ; en fait, c'est étonnant qu'elle soit là.

Appliquons à cet étonnement ce que Freud dit du rêve. Je vous ai rappelé, il y a quelque temps, que ce n'est pas le refoulé qui est pathologique mais le préconscient. Autrement dit, lorsque les gens s'étonnent devant la présence d'un organe qui pourrait ne pas être là, ce n'est pas la question de la castration qui fonctionne et il ne s'agit pas de le couper pour se le prendre.

La question de la castration existe toujours, sous-jacente, mais ce n'est pas elle qui est à la base de cet étonnement, ce sont encore une fois les choses dites ou non dites par la mère. Par exemple, j'ai parlé tout à l'heure d'ethnologie. Vous savez qu'une des découvertes récentes, qu'une des trouvailles récentes de la mythologie ethnologique, c'est quelque chose qui s'est appelé immédiatement après la guerre, la Deuxième Guerre mondiale, le *Cargo cult*, le culte de l'avion. Il y avait une fois une peuplade – je ne sais pas où elle se situe, en Australie ou ailleurs – qui attendait depuis une éternité la réalisation de son fantasme, qu'un jour un grand oiseau viendrait pour nourrir la population. Et effectivement, il y a eu quelques forteresses volantes qui ont atterri dans le coin et nourri les gens plus qu'ils ne l'avaient jamais été. Elles sont reparties, bien sûr, puisque la guerre n'a pas duré éternellement. Mais depuis, ces gens, devant ces dieux, ont construit des symboles, « planiques » allais-je dire, des modèles d'avions qu'ils adorent, espérant que ces modèles d'avions leur donneront à manger. Mais si l'avion est une chose étrange pour ces Mélanésiens, dit-on, ce n'est pas du tout pareil pour les habitants de Rungis, par exemple. Une chose n'est étrange que lorsqu'elle apparaît dans un contexte où elle n'était pas prévue par le discours.

Le pénis apparaît comme étrange lorsque le discours de la mère ne lui a pas laissé de place et que la mère a fait comme s'il n'existait pas. C'est ce « faire comme s'il n'y avait rien » du discours maternel qui induit non seulement l'idée d'un pénis détachable, mais aussi la surprise à la découverte d'un objet à nommer qui vient vraiment fonctionner ici comme un signifié sans signifiant, quelque chose dont on attend le nom, puisque c'est justement ça qui manquait dans le discours de la mère. Aussi, du fait de l'absence de référence signifiante, rien ne vient garantir sa présence en un endroit plutôt qu'en un autre. Appliquez ça à ce que je disais de la menace de castration fonctionnant dans la bouche des bonnes d'enfants chères à Freud. Vous verrez que cette menace de castration – la bonne d'enfant qui dit au petit garçon qui se tripote : « Ton papa va te la couper » ou : « Je vais dire à ton papa de te la couper » – est probablement la première mention de l'organe, du pénis, dans une bouche pseudo-maternelle ou dans une bouche de substitut maternel. Cette apparition, marquée en même temps d'une sorte d'indication de possession par l'autre, vient transformer la relation à cet organe qui jusque-là n'était pas nommé, mais sans être inquiétant. L'apparition d'une dénomination associée à une menace, dans le cas du petit garçon, je vous le rappelle, va pousser ce petit garçon de la *Ich-Spaltung* vers l'imagination d'un fétiche. Nous comprenons mieux ici la relation avec ce que j'appelais tout à l'heure le *Cargo cult*, une sorte de mythologie quasi religieuse qui revient à promettre à la femme de lui en donner un ou de lui en restituer un – c'est cela, la création du fétiche. Bien entendu, ce qui est grave, ce n'est pas de l'avoir ou pas, mais de l'être et c'est une autre paire de manches quand nous sommes dans la confusion pénis-phallus.

Le point suivant est d'ailleurs tout préparé. En suivant le texte de Freud, ces points s'enchaînent de façon absolument inévitable. Après ce développement qui nous a amenés du phallus au pénis, vient obligatoirement le détenteur officiel de cet organe. Il survient sous la forme de ce que Freud appelle *« Rücksicht auf den Vater »*, terme qui doit nous rappeler le *« Rücksicht auf Darstellbarkeit »*, les égards dus à la représentabilité ou, à la limite, « Attention à la peinture ». Parce qu'elle ne tient pas – je vous ai parlé de la couche de vernis narcissique – et le père s'en trouve nu, sans que l'un de ses fils soit là pour le couvrir d'un manteau pudique dont on sait l'usage qu'on a fait par la suite.

Ce père ne tient pas ou, du moins, le vernis qu'on voudrait lui voir. Que ce soit le père absent comme on le rencontre dans la réalité, et n'allez pas imaginer que, si le père est absent, c'est en vertu d'une quelconque qualité morale : le père est absent parce qu'il était en train de bosser derrière sa machine ou son comptoir ou, s'il a la chance d'être *the big boss*, d'être en train de *« big bosser »* la secrétaire, peu importe, à ce moment-là il n'est pas à la maison ; que ce soit donc ce père absent de la réalité, le père absent du désir de la mère, c'est-à-dire non désigné par le désir de la mère, ou le père absent dans le groupe d'hommes parmi lesquels il est censé vivre et qui se défoule, comme on dit, en gueulant à la maison, ce qu'il faut éviter pour l'enfant, qu'il soit garçon ou fille – mais ici nous nous occuperons des garçons pour l'instant – c'est justement de le renverser. Parce que ce père manque de tuteur. Il n'y a pas d'autre de l'autre. Le père ne tient pas, il faut donc lui éviter de le renverser et même éviter de laisser entendre qu'on pourrait avoir envie de le renverser parce qu'il serait capable de se renverser tout seul, voire de s'offrir lui-même au couteau.

Je vous rappelle ce qui se passe dans *Portnoy et son complexe* : si le fils avait tué son père, le père se serait encore arrangé pour laisser une lettre disant qu'il s'est suicidé. Des pères qui n'osent pas vouloir, ça pullule. Parce qu'un père qui veut quelque chose, même lorsque c'est parfaitement injuste, permet tout d'abord de faire un petit pas pour savoir ce qu'est la justice. Je ne sais pas quel farfelu a un jour voulu assortir l'égalité à la fraternité... Mais la fraternité, c'est quoi ? Tous fraternels, qu'est-ce que ça veut dire, sinon qu'on a descendu le père ? C'est ce qu'ils ont fait, une fois, avec Louis, seizième du nom. Ça repousse, les pères. L'Hydre de Lerne, ce n'est pas autre chose que les coupe-pères. On coupe une tête, il en repousse dix... Et ça n'a pas manqué, après Louis XVI. Les têtes des pères continuaient à voler et plus on les faisait sauter, plus elles se reproduisaient. C'est même le seul moment où les pères étaient créateurs... Seulement voilà, il s'agissait de pères qui se laissaient faire. Que demande le peuple, qu'attend-il, sinon un père qui ne se laisse pas faire, précisément, un père capable de ne pas se laisser couper la tête ? Je pourrais vous donner quelques autres exemples de ce qu'on pouvait faire des pères autrefois. Un père, même si ce qu'il veut est parfaitement injuste, aura au moins enseigné à vouloir quelque chose. Et parfois, même dans les meilleurs cas, il aura enseigné à ses enfants à vouloir ce qu'ils désirent, ce qui ne court pas les rues.

Étant donné que Freud avait tout de même repéré ce genre de père, quel moyen reste-t-il à l'enfant pour se défendre contre ce père qui apparaît, en effet, dans ces conditions-là, comme assez redoutable ? Il faut le séduire ! Et Freud ajoute les effets de la séduction à la fixation, au narcissisme et à la menace de castration comme éléments déterminants de l'homosexualité masculine.

Mais que signifie ce terme de séduction qui apparaît

là, *Verführung* en allemand ? C'est un terme dont on croit qu'il désigne quelque chose de parfaitement clair. Pour tous ceux qui sont teintés de psychiatrie, il évoque immédiatement les papillonnements de l'hystérique maquillée, pomponnée et tout ce qui s'ensuit, qui permet de dire : « Elle est séductrice. » Dans le mésusage du terme, chacun se rassure dans l'idée que la séduction, c'est l'envie de plaire.

Mais s'il y a deux termes, c'est qu'ils se réfèrent à deux choses différentes. Plaire et séduire, ce n'est pas du tout la même chose. La séduction est quelque chose d'autrement sérieux que ce qui est décrit comme l'une des caractéristiques enviées par l'hystérique. Le souhait de séduire ou la fonction de séduire, c'est justement d'amener l'autre à séduire, à voir dans le séducteur l'objet cause de son désir, c'est-à-dire très radicalement l'objet. Ainsi, lorsque ça rate, soit au départ soit au bout d'un certain temps, le séducteur qu'on laisse choir ou la séductrice qu'on laisse choir comme objet s'identifie à l'objet ainsi chu, déchu, et il ne lui reste plus qu'à en crever. La différence avec plaire, c'est que lorsqu'on tente de plaire, on admet qu'on peut plaire, c'est-à-dire que l'on accepte soi-même sa propre image narcissique. Mais lorsqu'on est capturé dans une position où l'on se veut séducteur ou séductrice, ce signifiant à l'œuvre entraîne avec lui une péjoration qui traduit la conviction du sujet d'être, j'allais dire le mauvais sujet, en fait d'être le mauvais objet que l'on va laisser choir. L'image narcissique, chez les séducteurs, n'est pas tolérée, il y a là un trou dans le narcissisme qui ne peut être comblé que par la multiplication des conquêtes et des actes de séduction dont la butée sera toujours la dépression finale. Vous l'avez reconnu au passage, le personnage sur lequel nous nous sommes tellement penchés, que nous avons décrit et étudié, c'est celui de Don Juan. Le séducteur ou la séductrice ne s'aime pas.

Après ces considérations sur les causes de l'homosexualité masculine, Freud introduit ses dernières propositions : l'homosexualité se caractérise-t-elle par une attitude passive ? Nous avons à nous poser la question du lien qu'il fait, ou que l'on peut entendre, entre la passivité et la féminité, d'autant qu'il n'est jamais revenu sur l'affirmation qu'il n'y a pas, au niveau de l'inconscient, de signe du masculin ou du féminin. Le seul repère, dit-il, qui puisse fournir un point d'ancrage à la féminité et à la masculinité ou à la virilité, ce sont les tendances passives et les tendances actives. Mais que penser de ces hommes – et quand je dis ces hommes, je n'évoque pas une de ces minorités opprimées, comme on désigne les homosexuels, je n'en connais pas à qui ça n'arrive pas – ou de l'homme en général, puisque Lacan autorise à utiliser l'article défini pour l'homme, qui attend qu'une femme prenne les initiatives ?

On pourrait d'ailleurs rapidement faire le bilan des initiatives invoquées qui ne dépassent pas la masturbation ou la fellation et il n'est pas du tout certain qu'il faille qu'une femme gigote... Nous sommes malheureusement obligés de ne pas tenir compte de techniques ou d'aptitudes extra-occidentales. Mais, en admettant que les femmes s'y prêtent – pourquoi pas d'ailleurs ? – serait-ce de l'activité ou de la soumission passive au désir de l'homme ? Rappelez-vous la phrase de Lacan à la télévision : « Les femmes sont plutôt arrangeantes » et c'est parfaitement vrai dans ce domaine. L'actif ou le passif sont en général entendus au niveau du « faire » ou du « se laisser faire ». « Elle se laisse faire » ou « On peut lui faire tout ce qu'on veut... », « faire » qui ne dépasse jamais la combinatoire orificielle, et encore il y a des combinaisons impossibles.

En fait, si l'on entend l'actif-passif dans sa distinction entre désirer et être désiré, alors apparaissent les positions objet et sujet. Mais nous sommes là déjà contaminés par l'ambiance et le monde dans lequel nous vivons, un monde fasciné par l'objet du désir, monde de la consommation d'objets qui se soutient d'affirmations perverses : c'est l'objet qui est désirable. Que peut-on évoquer d'autre sinon la pulsion, celle que célébraient les Grecs, la pulsion en tant qu'activité du ça, je dis bien activité, dans le couple d'opposition activité-passivité. Or, le ça ne peut se manifester comme passif. En ce point précis, dans cette impossibilité pour le ça d'être passif ou de se révéler passivement, s'éclaire la déclaration de Freud qu'il n'y a qu'un seul sexe, à savoir le sexe masculin, à condition de ne pas oublier qu'avant cette affirmation il a établi que virilité et féminité = activité et passivité. Nous avons à traduire le « Il n'y a qu'un seul sexe, le sexe masculin » par : il n'y a qu'une forme de sexualité, c'est la sexualité active.

Le phallus, ici, devient représentatif de la pulsion, pour ne pas dire symbole de la pulsion elle-même. Telle est l'autre façon d'entendre la négativité du phallus, symbole si l'on veut d'un manque à exprimer. La pulsion ne s'exprime pas, elle ne peut se traduire qu'après avoir passé par toute une série de dispositifs dont le premier, le plus primitif, est le fantasme à partir duquel apparaît pour nous une nouvelle algèbre sexuelle : dans l'amour il n'y a pas un passif et un actif, il y a deux sujets désirants, donc deux sujets actifs. La passivité, ici, prendrait la place de ce qu'on pourrait désigner par la frigidité, peu importe qu'elle se situe du côté de l'homme ou de la femme. Les techniques érotiques aseptisées de l'obsessionnel, par exemple, sont aussi bien de la frigidité, c'est-à-dire de la dénégation de la pulsion. Seulement, rappelons-nous que le désir, et à plus forte raison la pulsion, ne se saisissent qu'après coup.

Il nous reste quelques mots à dire sur les dernières remarques de Freud, à savoir l'inversion des sentiments. En fin d'article, Freud note que chez beaucoup d'homosexuels on découvre l'existence d'un frère aîné, au départ objet de haine et à l'égard duquel les sentiments se sont brusquement inversés, car ce frère aîné, étant devenu un relais vers le père, échappait par là à l'égalité fraternelle... Entre membres de la même classe dirait-on. On oublie trop souvent que cette inversion des sentiments fonctionne dans pratiquement toutes les « relations humaines », termes que je n'aime pas beaucoup étant donné l'usage scientifique qui en est fait et toute la mythologie de la communication qui l'entoure. Combien de rencontres, qui ont évolué par la suite – comme on dit toujours en sciences humaines – de façon très positive, combien de ces rencontres n'ont-elles pas commencé par une franche hostilité, un accueil glacial, voire un rejet ? Dans ces rencontres se répète précisément l'inversion du sentiment qui a relié au départ le sujet à un frère aîné ou à un substitut de frère aîné, à n'importe quel modèle, et c'est toujours à partir de ce point-là que se déclenche l'inversion. Pourquoi l'hostilité du petit garçon à l'égard d'un garçon plus âgé, si ce n'est que ce garçon plus âgé, frère, cousin, voisin, a été cité comme modèle et a donc entraîné une première attitude hostile de jalousie par rapport à la mère ? Vient ensuite l'énamoration dans ce garçon pour s'identifier à lui, en faire son image au miroir et être comme lui bénéficiaire de l'amour ou de l'estime maternelle. En fait, cette réaction qui commence par un rejet et se transforme en énamoration demande à être étudiée de plus près. Elle est, en effet, trop fréquente pour que nous nous contentions d'une explication purement rhétorique comme celle que je viens de donner.

La première attitude de rejet devient plus claire si je prends non plus l'exemple homosexuel mais l'exemple hétérosexuel et ce n'est peut-être pas tout à fait la même chose. Les premières rencontres entre un homme et une femme sont souvent marquées de ce sentiment d'hostilité, de ce sentiment de rejet. Elles sont destinées en fait à un autre personnage. Il s'agit dans ces cas pour l'homme de rejeter un personnage dangereux, à savoir le personnage marqué par le signifiant mère, la mère qu'il faut chasser dans chaque rencontre avec une femme. Mère qu'on évince, non pas pour des motifs psychologiques, parce qu'il y aurait eu une mauvaise mère, c'est ce personnage qu'une culture nous impose et qui rétrécit la féminité, l'essence de la femme, à l'être-mère.

On peut réfléchir un instant à cet étrange métabolisme qui fait qu'un jour une femme devient mère. Que le fait d'une maternité, d'une gestation, d'un accouchement lui apporte une expérience de plus, pourquoi pas ? Mais pourquoi lui affecter à partir de ce moment-là une désignation autre que la désignation de femme, sinon pour camoufler, par cet accès à la dignité – et dans notre civilisation la maternité en est une – le retranchement, la ségrégation que l'on pratique à son égard, même si les mères n'y sont pour rien, une discrimination qui les désigne en quelque sorte comme retranchées du groupe des femmes ? Devenir mère, c'est perdre la féminité. Et c'est cette espèce de monstre qui se constitue à notre insu et provoque les réactions de rejet. Il s'agit d'abord d'exorciser la mère possible dans chaque rencontre avec une femme. Que cette femme puisse avoir des enfants n'est pas redoutable en soi, mais qu'elle puisse devenir mère l'est, au sens où elle cesse d'être femme.

Et là, quelle transition extraordinaire chez Freud, après cette question sur l'inversion des sentiments dont je vous ai montré le développement possible, que ce passage sur l'utilité sociale de l'homosexualité. Les pulsions sociales de l'homosexualité, bien utiles selon lui, sont une espèce de recherche d'une garantie, une garantie de signifiant, s'articulant apparemment avec les théories de ceux qu'il faut bien appeler les philosophes homosexuels qui nient le sujet. Dans l'anti-Œdipe, il s'agit d'un retour à l'anonymat pulsionnel, anonymat purement fantasmatique bien sûr, car les Grecs, tout en célébrant la pulsion, nommaient ceux qui étaient aimés et ceux qui étaient animés par la pulsion. Ces pulsions sociales à la recherche d'un signifiant garant de l'homosexuel – je vous ai dit qu'elles s'articulaient avec l'inversion des sentiments et le rejet de la mère – répondent à la généralisation d'un fantasme proprement et purement homosexuel. De ce fait, ces pulsions sociales ou ce goût qu'ont les homosexuels pour défendre les syndicats, les équipes, la patrie, l'armée et tous les corps constitués supportent le souhait de l'homosexuel d'un monde unisexe, en même temps que l'expression de leur regret, déception compensée par le fantasme, de ne pas pouvoir avoir d'enfant.

Prenez comme vous le voudrez cette réhabilitation de la mère…

22 avril 1974

a été une espèce de [illegible] chaque [illegible]
[illegible] les réactions de rejet. Ils [illegible]
[illegible] possible dans chaque [illegible]
une brèche. Que cette [illegible] puisse avoir été [illegible]
a été [illegible] mais qu'elle puisse [illegible]
[illegible] assez cette [illegible].

En ce qui concerne [illegible]
[illegible] en les [illegible]
[illegible] possible que ce [illegible]
l'[illegible] de [illegible]. Les pulsions sociales
de l'homosexualité, bien entendu, [illegible]
de recherche d'une [illegible], une garantie de [illegible]
[illegible] avec les théories de ceux qui ont
fait bien appel à des philosophes homosexuels qui [illegible]
le sujet [illegible]
[illegible]
bien [illegible] les Grecs, [illegible] la [illegible]
[illegible]
par la population. Ces pulsions sociales à la recherche d'une
[illegible]
[illegible] avec l'intégration des sentiments et la [illegible]
de la même [illegible] à la généralisation d'un [illegible]
[illegible] et purement homosexuel. De ce fait, [illegible]
[illegible] sociales ou ne [illegible]
[illegible] les syndicats, le [illegible]
[illegible] le corps [illegible]
[illegible]
[illegible] de leur [illegible]
[illegible] de ne pas pouvoir [illegible]

Parce que, comme vous le voyez, [illegible]
[illegible].

12

À sainte femme, fils pervers

La seule indication technique fournie par Freud est l'aptitude du psychanalyste à se laisser surprendre.

Il y a danger que se confondent le discours de l'analyste et le discours du maître. L'analyste législateur et maître..., si vous avez en tête ce que j'ai pu raconter il y a quelque temps sur les maîtres, vous y ajouterez celui que j'ai omis de citer, parce que là, en effet, c'est pour moi une *Überraschung*, une surprise, de découvrir que c'est le psychanalyste qui vient à la place du maître. Si certains d'entre vous ont quelque idée des différents discours isolés par Lacan, l'une des menaces qu'il fait ressortir, l'un des dangers qu'il souligne, c'est justement que se confondent le discours de l'analyste et le discours du maître. Ceci pour le premier temps de ma revue de presse.

Le second temps m'est fourni par le laboratoire qui a l'excellente idée de publier de temps en temps des textes anciens. Le dernier tome publié date d'une quinzaine de jours. C'est une réimpression du *Traité clinique et thérapeutique de l'hystérie* par Briquet, datant de 1859. Vous allez voir l'actualité de ce texte quant au rôle, je me bornerai à cette citation, réservé aux femmes ; vous y entendrez d'étranges assonances avec les discours d'une série de candidats à la magistrature suprême, comme on dit – je ne les nommerai pas, puisqu'ils sont à peu près tous du même bord au point de vue intellectuel, de l'extrême gauche à l'extrême droite. Ils répètent tous la même chose : une société sera plus juste lorsqu'on aura remis les femmes à leur place. Quelle est la place de la femme d'après Briquet ? Je me réfère aux conclusions du chapitre intitulé « Causes qui prédisposent à l'hystérie », où l'une des causes est intitulée : « Influence du sexe ». On y lit :

> « La femme a dans la société une mission noble et de la plus grande importance, celle d'élever l'enfance, de soigner et de faire le bien-être de l'âge mûr et de la vieillesse. »

J'espère que toutes les dames ici présentes souscriront des deux mains à un tel programme qui enfin leur dit à quoi elles servent. Je vous fais grâce du reste, mais pour remplir ce but, « elle a été douée d'un mode spécial de sensibilité qui est fort différent de celui de l'homme ». Je poursuis ma lecture :

> « Ce mode de sensibilité se constate et s'apprécie par la série de troubles que produisent les émotions, série de troubles qui constituent le type du spasme hystérique. L'expérience montrant que cette série de troubles n'existe chez l'homme que par exception donne la raison pour laquelle l'hystérie est si rare chez lui. »

Je vous laisse apprécier la logique qui enchaîne ces différentes conclusions. Passons maintenant aux choses sérieuses après vous avoir indiqué quelques sources d'inspiration de nos candidats à la présidence...

Il nous reste, pour conclure nos entretiens de cette année, à tenter un bref résumé de ce que j'ai pu vous dire. Résumer et en même temps souligner quelques directions à suivre pour votre réflexion avant notre séparation. Après la citation de Lacan, qui sert de titre à mon cours d'aujourd'hui, je vous rappellerai celle-ci de Freud :

> « La recherche psychanalytique s'oppose sans ambiguïté à la tentative de distinguer les homosexuels des autres hommes en tant que groupe spécifique particulier[1]. »

Apparemment, notre recherche sur la perversion ne nous aura pas encore menés très loin. En fait, ce qu'elle nous a apporté, ce sont peut-être les moyens de poursuivre cette recherche, quelques clés que je vais essayer d'appliquer à la plus fréquente des perversions, à savoir l'homosexualité masculine. L'autre jour, quelques personnes m'ont fait remarquer que je parlais fort peu des femmes, ce qui dans l'homosexualité masculine ne me semblait pas tellement étonnant. Je vous rappelle que j'en avais largement parlé les années précédentes, en particulier lorsqu'il s'agissait de l'hystérie. On ne peut pas tout avoir.

La première fois que j'ai siégé dans le jury du médicat des hôpitaux psychiatriques, c'était en 1959, j'avais mis dans l'urne, et mes collègues ne s'étaient pas rebif-

1. Freud S. (1904-1905) *Drei Abhandlungen zur Sexualtheorie, G. W.*, V, p. 44, n. 1.

fés, comme question : « Clinique de l'homosexualité ». Ce sont les démences séniles qui sont sorties... Est-ce un hasard ? Je n'en sais rien. Je l'espère. En tout cas, si la question « Clinique de l'homosexualité » était sortie, j'aurais peut-être pu vous en dire quelque chose aujourd'hui, j'aurais en tout cas appris quelque chose. Mais comme ma question n'est pas sortie, j'en suis encore à peu près réduit à plus ou moins zéro, ce qui ne doit pas m'empêcher, au contraire, de me poser des questions. Faut-il dire, tout d'abord, l'homosexualité ou les homosexualités ?

Nous aurions alors cette gamme, cet éventail bien connu de l'homosexualité pure – comme la psychanalyse pure – exclusive à l'une des extrémités puis, à l'autre, l'homosexualité occasionnelle à laquelle pratiquement aucun homme n'échappe, notamment à l'adolescence, mais également à laquelle sont exposés les hommes privés de partenaires féminines, prisonniers, dans toutes les formes d'emprisonnement homosexuel, travail, armée et tout ce qui s'ensuit. En excluant les exceptionnelles, les rarissimes homosexualités pures – et nous essayerons de voir pourquoi elles sont impensables – en excluant donc ce fantasme descriptif des psychiatres, nous sommes amenés à considérer au plus proche l'homosexualité comme, je ne dirai pas un facteur, mais mettons une aptitude, une possibilité – je force les faits pour utiliser ce langage – représentée à un certain pourcentage chez tout être humain, et je dis non seulement chez tout homme mais également chez toute femme. Chacun de nous est marqué, porte en lui les aptitudes de n'importe quel homosexuel. Car à partir du moment où on s'est rendu compte que ce n'est pas l'objet qui est désirable mais le sujet qui est désirant, il n'y a, en effet, aucune raison de choisir un sexe plutôt que l'autre. Ceci est une illustration de l'affirmation freudienne qu'il n'y a pas dans l'inconscient de marque sexuelle.

Si je continuais à développer la clinique de l'homosexualité, j'aurais à me poser la question des techniques, une question mathématique : les techniques érotiques de l'homosexualité sont forcément moins variées que lorsqu'une femme participe aux ébats, parce qu'il manque un orifice..., ce qui nous donne les formules suivantes :

$0\text{x}0 = x^2$

$x\ (0 + 1) =$ ..., je vous laisse faire le calcul. En effet, l'absence d'un orifice nous impose ces formules combinatoires ; quoique certaines combinaisons soient impossibles, la formule ne se généralise pas à deux femmes. Après ce détour mathématique, je reviens à l'affirmation qu'il n'y a pas dans l'inconscient de marque de masculinité ou de féminité.

Il faut critiquer l'idée sous-jacente à des conceptions enferrées dans l'idéologie médicale – j'en viens à la clinique – qu'il y aurait des pulsions homosexuelles. C'est une antinomie en soi, une formulation dépourvue de sens, la pulsion ne s'accompagne d'aucun adjectif. Il n'y a pas de pulsion bonne ou mauvaise, il n'y a pas de pulsion sadique ou homosexuelle. Tout cela s'encastre dans la pulsion, après un certain passage post-pulsionnel par le fantasme, mais l'élément primitif, la pulsion, n'est marqué d'aucun signe qui viendrait anticiper l'objet. Une pulsion qui connaîtrait d'avance son objet serait une pulsion mise en œuvre par une supposée transcendance qu'il faut dénoncer dans toute tentative d'accoler à la notion de pulsion un quelconque adjectif.

C'est par cette voie-là que la transcendance essaie de renaître. Le problème pour nous n'est pas : comment la pulsion connaît-elle son objet, mais comment l'objet vient à la pulsion, à savoir quel est le dispositif mis en œuvre ?

On peut parler d'un désir homosexuel mais non pas d'une pulsion homosexuelle. Le désir, homosexuel ou autre, résulte, je vous l'ai dit, du passage de la pulsion à travers le dispositif fantasmatique ; dispositif dans lequel sujet et objet, sujet de l'inconscient et objet *a* sont liés de façon spécifique pour chaque sujet, façon éventuellement réversible et déterminante pour la pulsion qui aménage sa relation du sujet avec son entourage. Le désir, homosexuel ou autre, c'est ce que la pulsion est devenue après le fantasme. On peut se poser ici, car cette clinique de l'homosexualité se bornera à poser des questions à l'homosexualité ou à l'homosexuel, la question de l'amour homosexuel, à défaut de la pulsion. Or, j'ai déjà répondu à cette question : l'amour homosexuel se limite à l'amour narcissique. On peut se demander, en effet, si l'amour narcissique lui-même offre un repère quelconque où il soit possible de situer une marque du sexe. Seul l'amour transnarcissique implique la reconnaissance d'une altérité, d'où la fascination par l'autre, l'autre de l'altérité, l'autre de l'autre race, de l'autre couleur et bien entendu de l'autre sexe.

À ce propos, je voudrais revenir sur une question un peu empoisonnée qui m'avait été posée il y a quelques séances et qui se terminait ainsi : Comment pouvez-vous articuler la notion d'amour transnarcissique avec le discours freudien sur l'amour ? Dans cette question perçait la crainte que je ne transgresse une orthodoxie, en s'appuyant prétendument sur Freud, que je ne laisse l'amour s'évader vers l'autre. En effet, si l'on peut aimer l'autre de l'altérité, de l'autre sexe ou de l'autre race, mais alors par où passerait le racisme ? Que va-t-on faire de toute cette construction capitale pour soutenir notre civilisation ? Si on peut aimer l'autre pour sa différence, alors les dés sont pipés, on n'aimera plus l'autre parce qu'il nous ressemble ou qu'il est nous-même... Rappelons-nous ce que j'ai été amené à dire lorsque je vous parlais de l'hystérie en début d'année, que l'hystérique revendiquait en fin de compte d'être aimée pour ses imperfections. Nous pouvons maintenant préciser ou proposer une autre terminologie pour « imperfections » : l'hystérique demande à être aimée pour sa différence et non pour son identité ou son identification à une image préalable. L'amour transnarcissique, c'est d'être aimé pour sa différence, pour ses différences.

Le racisme contenu dans le texte qui m'avait été communiqué se manifestait aussi dans le désir de m'interdire de parler depuis une chaire de médecine. Mis à part la méconnaissance sur ma position dans la Faculté d'une part et sur l'usage que j'entendais faire de ce discours, où l'on pensait repérer une matière d'examen, il y avait bel et bien un désir d'interdiction et cette interdiction répète la méconnaissance, parce que si ce que je dis ici est un savoir, ceux qui l'entendent ainsi manquent singulièrement, justement, de références. Ils signent là leur origine, à savoir certains lieux où une psychanalyse prétend continuer à s'enseigner alors qu'elle n'y subsiste plus. Et enfin, après cette interprétation d'un texte, apparaissait le mépris fasciste, puisque, à la fin du texte, on trouvait la phrase : « servir une psychanalyse réchauffée à Stephansfeld », parce que, bien sûr, Strasbourg, c'est mieux...

Il y a quelques jours j'étais aux antipodes, c'est-à-dire à Brest. J'y ai vu des hommes de 25 ans mourir d'encéphalopathie alcoolique. Peut-être pense-t-on – ce sont les Bretons qui le pensent – qu'ils ne supportent pas la colonisation. En effet, il suffit de réfléchir un peu pour se rappeler que les Indiens et les Esquimaux ont aussi été décimés par l'alcool. La psychanalyse doit tenir compte du corps et partout où l'on parle de psychanalyse en la détachant du corps, en la manipulant comme une science purement philosophique ou verbale, on triche, en trahissant et Freud et la psychanalyse. Chose plus dangereuse encore, on risque de l'interdire à ceux qui seraient capables d'assurer cette articulation avec le corps. C'est ainsi que les psychanalystes affirment que la psychosomatique, par exemple, ne doit pas se confondre avec la psychanalyse. Il est vrai que Lacan a parlé de psychanalyse pure, mais je n'ai jamais entendu de propos chez lui qui excluait de cette psychanalyse pure une métonymie du corps, voire une métaphore. Mais les suppôts, eux, n'ont pas entendu « psychanalyse pure », ils ont entendu « psychanalystes purs ». Psychanalystes purs, race pure, on n'est pas tellement loin du fascisme...

Venons-en aux dispositifs classiques de l'engendrement de l'homosexualité, ceux qui apparaissent dans le texte sur les *« Neurotische Mechanismen*[1] *»*. Étant donné que je les ai largement détaillés, je pourrai ici simplement vous rappeler que ces mécanismes classiques mis en évidence par Freud sont tout d'abord la *« Ausweichung von dem Vater »*, l'évitement du père.

1. Freud S., *« Über einige neurotische Mechanismen... », op. cit.*, p. 198-204.

Ce père de la névrose, car il s'agit de mécanismes névrotiques, n'est rien d'autre que le père des contes de fées. Ce père imaginaire va nous accompagner jusqu'à sa limite où il finit par toucher quelque part ce qu'on appelle le père symbolique, en un lieu où il va disparaître pour laisser place au père symbolique, celui du discours, mais par des détours qui seront pervers, à savoir les dispositifs pervers. Avec ce père-là il n'y a jamais d'affrontement symbolique. Allez imaginer ce qu'est un affrontement symbolique ! Il suffit de trouver la voie. Ce qu'on trouve dans les souvenirs lorsqu'on pratique une psychanalyse, ce sont justement des amorces, des lieux ou des moments où le père symbolique était attendu et, bien entendu, n'est pas venu. Je vous ai donné l'exemple à plusieurs reprises déjà du « se laisser tuer sans mourir ». Or, ce « se laisser tuer sans mourir », ce serait de l'ordre du jeu, avec l'enfant par exemple, où le père accepterait d'être le plus faible, de tomber mort quand l'enfant fait « pan pan ». Mais, le plus souvent, lorsque la provocation n'est pas aussi évidemment ludique, le père marche à la provocation, il réagit en se défendant comme si réellement sa vie était en danger. Il réagit par des raclées, ou par des vociférations, quand il ne dit pas à sa femme « Va le corriger ! ».

Autre version, on tombe dans l'autre extrême du père Portnoy qui, devant la menace du fils, se laisserait tuer. Serait père symbolique celui qui saurait opposer à l'enfant le « non » de la *« Verneinung »*, le non de la négation, le « non » de son propre désir. « Tu ne feras pas ça, parce que moi j'ai envie de le faire... Tu ne sortiras pas ce soir, parce que tu gardes la maison et que c'est moi qui sors ! » Voilà ce qu'un père peut enseigner à son enfant et non pas les histoires éculées selon lesquelles il ne faudrait pas frustrer les enfants.

Qu'est-ce que ne pas frustrer les enfants, sinon leur promettre pour le futur un orgasme perpétuel ? À défaut d'un tel père sachant affirmer son désir, l'enfant réservera l'existence d'un père symbolique en ménageant le père réel et en rêvant, dans ses rêveries diurnes, ses récits imaginaires ou ses rêves à proprement parler, d'un père imaginaire qui serait Roi. Le père des contes de fées est un père imaginaire. Seulement, ce père symbolique naissant, ce père imaginaire qui n'en peut mais et ce père réel qu'on ne trouve que derrière son bureau ou sa machine, quand intervient-il pour apporter à l'enfant ce que Freud réclamait, à travers les bonnes d'enfants, la menace de castration ? Ce ne sont pas les pères qui introduisent cette menace, ce sont les mères. Et il suffit de réfléchir un instant à ce que pourrait signifier la menace de castration exprimée par un père, parce qu'en fait l'organe menacé chez le fils n'a pas de raison d'être protégé chez le père ! D'autant que le père en question, qui a lui-même un super-père, un contremaître, un directeur, un adjudant-chef ou tout ce qu'on voudra, risquera tout autant.

De fait, la menace de castration dans l'imaginaire est une invention de femme. N'allez pas pour autant imaginer que vous êtes des femmes castratrices ! Une femme castratrice, ça n'existe pas. Ce qui existe, ce sont des mères castratrices. Je vous ai développé l'autre jour ce qu'était une mère ; j'espère que vous l'avez retenu. La mère, c'est celle qui a foutu dans le crâne de son fils que les autres femmes vont la lui couper, puisque le père ne l'a pas fait. Cela a donné, bien sûr, naissance à un fantasme chez l'homme, un fantasme d'homme, et ce fantasme, pour ne pas être saisi au ras de sa signification, c'est-à-dire qu'il s'agit d'une menace de la femme, il l'a pris à son compte, considérant qu'il a châtré la femme. D'où les différents termes pour désigner le sexe de la femme : la balafre, ou, comme dit Bataille[1], la guenille... Mais qui en a peur, du sexe de la femme ? Les fabliaux du Moyen-Âge sont là pour nous le rappeler : c'est le diable qui en a peur, diable que les femmes font fuir lorsqu'il se présente un jour chez le paysan de service, qui l'a roulé comme de bien entendu, et qu'il vient se venger. Alors la femme du paysan lui montre l'énorme balafre que le paysan en question lui a faite entre les jambes avec un seul coup d'ongle et dit au diable : « Tu te rends compte de ce qui va t'arriver s'il prend ses dix doigts... » ; du coup, le diable fout le camp. Il s'agit là d'une remise en place du castrateur et du castré et, pourquoi pas, de la castrée. Mais nous sommes encore dans les complexes névrotiques.

La question suivante sera celle de la constellation familiale de l'homosexualité, de l'homosexuel. Est-il possible de généraliser afin de mettre en évidence une constellation familiale particulière ? En fait, on trouvera autant de constellations familiales que d'homosexuels. Alors, où allons-nous pouvoir rechercher les points communs ? Dans le fantasme, bien sûr. Mais cette voie n'est praticable que par l'analyse, voie indirecte ; elle n'est pas impossible mais un peu longue. C'est non seulement dans la recherche du fantasme à proprement parler, mais dans les effets de ce fantasme que nous

1. Bataille G., *Œuvres complètes*, t. V, Gallimard, Paris.

aurons à tenter de repérer ce qui est en jeu : les effets du fantasme sur le groupe par le biais du signifiant.

Mais avant d'arriver à cet effet sur le groupe, quelques réalités de la constellation familiale doivent être évoquées. Vous verrez que nous ne nous éloignons pas du groupe, car les familles qui engendrent les homosexuels sont justement des familles conformistes, conformes aux règles du groupe, d'un groupe, soucieuses de légitimité et soumises à elle. De là, bien sûr, découlera un doute quant à la légitimité, en raison du souci qu'auront les chefs de ces familles de superposer légitimité et virilité. Nous avons évoqué précédemment le père imaginaire dans son rôle de roi, dans la représentation de l'enfant. Or, dans les familles conformistes, le père prend à son compte ce dont il est en fait l'origine, à savoir le fantasme de l'enfant, pour y ajouter la garantie que la paternité, comme la monarchie, existe de droit divin. Cette problématique au réel amène l'enfant à découvrir précocement qu'il ne s'agit là que d'un faire-semblant.

Rappelons ce que nous avons déjà dit au sujet du pervers. Son désir se porte sur des objets reconnus par le groupe comme désirables : la dignité, les dignités, la carrière, le succès sous toutes ses formes, travail, famille, patrie ; il manque un quatrième terme et c'est ce quatrième terme refoulé que nous allons avoir à déceler. Le désir vrai, lui, s'exercera en dehors du cadre. Dire que le désir s'exercera en dehors du cadre, c'est déjà lui assigner un cadre, donc des limites. S'il s'exerce en dehors, on sera tenté de dire qu'il s'agit d'une « transgression » ; or, il ne s'agit pas du tout d'une transgression mais d'une limite, limite purement raciale, raciste, où la loi serait en deçà et la licence au-delà. Seulement, cela ne s'applique pas aux mêmes personnes ; on respecte la mère de ses enfants – voir ce que disait le sieur Briquet des dames – et on désire l'employée de maison. Eh bien, justement, ça ne marche pas de façon aussi vaudevillesque.

« Comment l'esprit vient aux filles » ou plutôt aux garçons ? Il n'est pas facile pour le garçon de découvrir comment tout cela se constitue, se développe et se fabrique. Pour que l'enfant découvre que le conformisme sert de cache-misère au père, il lui faut le coup de pouce maternel. La mère a deux moyens pour dénigrer sérieusement le père : la critique quant à sa virilité et les reproches habituels qu'entendent et qu'inscrivent les petits garçons ; ce sont des reproches temporels, « pas assez souvent, pas assez longtemps ». Le deuxième type de reproche amorce le renversement du père : « Il ne sait pas parler aux femmes ». Alors, qu'est-ce que ça peut bien être, une femme qui a supporté un homme pareil ? C'est une sainte femme, celle pour qui toute l'existence, toute la vie a été un calvaire. La sainte femme, en effet, ne clame pas les insuffisances de son pseudo-homme, la critique reste secrète, on ne se confie qu'au favori, le fils favori, celui qui est prédestiné, pour ne pas dire destiné, à devenir pervers ; on ne le dit qu'à lui, de façon à ne pas nuire au renom, à la renommée du père. Autrement dit, ce souci de protéger le renom du père vient signifier à l'enfant qu'il n'en faudrait pas beaucoup pour démolir non seulement le renom, mais encore le nom du père, à moins qu'on ne trouve un père qui se dispense de nom et c'est la rencontre qui ne manque jamais entre la mère du pervers et Dieu. Lui, au moins, se soucie peu du nom qu'on lui donne ; il marche à tous les noms et il accepte tout, tous les sacrifices, notamment ceux que la sainte femme lui fait de sa sexualité ratée.

Pour vous guider dans la constellation familiale perverse et y repérer l'amorce de la perversion, dans quelque religion que ce soit, il suffit de traîner dans n'importe lequel de ces lieux où la religion se mêle d'enseigner quelque chose aux fiancés. Dans tous les temples où les cultes se célèbrent vous trouverez le moyen de faire que les futurs mariés se rencontrent sous l'œil complaisant et voyeur de Dieu. Ce n'est pas moi qui ai dit « Dieu, s'il savait, serait un porc », c'est Bataille [1]. Le père et la mère du pervers se rencontrent dans l'alibi religieux, la religion comme autre scène.

Les effets du fantasme dont je parlais tout à l'heure, c'est que, pour le pervers, à la différence du psychotique, il n'y a pas de forclusion du nom du père, mais le nom du père apparaît suffisamment fragile pour devoir être garanti devant Dieu et devant les hommes par le renom déjà cité et par le père-Dieu. D'où l'attrait du futur homosexuel pour les groupes et les activités de groupe. Freud, dans ses études sur l'identification, on le sait, a choisi comme modèles certains groupes, groupes religieux, armée et bien d'autres. Mais, dans tous ces groupes, quelque chose fonctionne qu'on appelle la citation à l'ordre de : à l'ordre de l'armée, à l'ordre de la nation... Que cite-t-on, sinon un nom, soulignant par là l'insuffisance de ce nom à se soutenir sans citation ?

Citons aussi l'attrait pour l'enseignement chez les homosexuels, l'homosexuel pédagogue ; entre péda-

1. Bataille G., *Madame Edwarda, Œuvres complètes*, t. III, Gallimard, Paris, p. 30.

gogue et pédophile il y a un tout petit pas qui ne manque pas d'être franchi. Enfin, la répression pénale de l'homosexualité – j'en suis aux effets sur le groupe – est un témoin de sa généralité.

Un dernier élément, peut-être un peu surprenant, c'est le haut investissement par le pervers de son foyer. La majorité des homosexuels sont pères de famille. Ils défendent leur famille, ils défendent, je l'ai dit, leur patrie, d'autant que parmi les groupes, entre autres de résistants, il ne s'agit pas de mépriser l'homosexuel mais de l'utiliser comme objet d'étude. Les réseaux les plus solides ont été ceux qui étaient constitués par des homosexuels ; c'était aussi vrai pour les troupes perverses de l'autre côté. Défense du foyer, défense de la patrie, idéalisation d'une mère-sainte-femme, c'est-à-dire pas femme du tout, indiquent une même problématique inconsciente, celle que j'ai laissée en suspens tout à l'heure dans le « travail, famille, patrie » en parlant de la religion comme autre scène. J'ai évoqué la même problématique inconsciente à la fin de mon dernier entretien, à savoir : « Comment viennent les enfants ? », mais en langage homosexuel : C'est-à-dire que l'homosexuel est à la recherche d'une scène primitive, autre scène religieuse où l'amour homosexuel deviendrait un amour reproducteur qui conjoindrait à la fois et les fantasmes et les poncifs dont on nous rebat les oreilles à propos des homosexuels.

C'est à partir de la découverte que le fantasme homosexuel est la reconstitution d'une autre scène primitive que les choses s'éclairent, notamment au niveau clinique. Il nous a fallu tout ce détour pour nous rendre compte que les difficultés des tentatives classiques de décrire l'homosexualité venaient de ceci, que le signifiant homosexuel empêchait de découvrir d'une part toutes les autres perversions associées et d'autre part un fantasme commun qui n'est pas le fantasme du pénis féminin, ni celui de l'homosexualité, mais le fantasme de l'unisexualité.

Car, si l'on a tellement mis l'accent sur le *Penisneid* chez la femme, ce n'était que pour mieux camoufler le désir d'enfant chez l'homme et l'homosexualité est l'une des tentatives de créer ou plutôt de réaliser le fantasme d'une scène primitive où il ne s'agirait pas d'un homme et d'une femme, mais d'un Dieu et de n'importe quelle autre espèce d'être humain ; car pourquoi Dieu se limiterait-il à un seul sexe ? Dieu peut féconder n'importe qui et c'est cela la fonction du fantasme de Dieu. Évidemment, devant cet échec apparaît le désespoir du pervers, car lui qui n'est pas Dieu, quoi qu'il en pense, comment peut-il féconder un homme ? La variante la plus commune, dernière note clinique, de l'homosexualité, c'est le scénario pour un homme d'interposer un autre homme entre une femme et lui. Toute la littérature érotique fonctionne à pleins tuyaux, c'est le cas de le dire, sur ce thème. Le fantasme, mis en scène dans des livres comme *Emmanuelle* ou mis en scène aussi par les petits pervers, qui consiste par exemple à s'envoyer les amants de leur femme, réalise « l'homme interposé » et le moyen de féconder l'homme.

Le désespoir du pervers entraîne la haine de cette nature qui a créé deux sexes, haine qui a amené Sade à demander à ce que son nom soit effacé. Il ne veut rien devoir à une telle nature qui impose pour la reproduction de passer par le monstre, c'est-à-dire par la femme.

29 avril 1974

Index

IMPRESSION : BUSSIÈRE CAMEDAN IMPRIMERIES
À SAINT-AMAND (CHER)
DÉPÔT LÉGAL : MARS 1999. N° 35965-2 (001831/1)

Collection Points

SÉRIE ESSAIS

DERNIERS TITRES PARUS

300. Introduction à une science du langage
par Jean-Claude Milner
301. Les Juifs, la Mémoire et le Présent, *par Pierre Vidal-Naquet*
302. Les Assassins de la mémoire, *par Pierre Vidal-Naquet*
303. La Méthode
4. Les idées, *par Edgar Morin*
304. Pour lire Jacques Lacan, *par Philippe Julien*
305. Événements I
Psychopathologie du quotidien, *par Daniel Sibony*
306. Événements II
Psychopathologie du quotidien, *par Daniel Sibony*
307. Les Origines du totalitarisme
Le système totalitaire, *par Hannah Arendt*
308. La Sociologie des entreprises, *par Philippe Bernoux*
309. Vers une écologie de l'esprit 1.
par Gregory Bateson
310. Les Démocraties, *par Olivier Duhamel*
311. Histoire constitutionnelle de la France, *par Olivier Duhamel*
312. Le Pouvoir politique en France, *par Olivier Duhamel*
313. Que veut une femme ?, *par Serge André*
314. Histoire de la révolution russe
1. Février, *par Léon Trotsky*
315. Histoire de la révolution russe
2. Octobre, *par Léon Trotsky*
316. La Société bloquée, *par Michel Crozier*
317. Le Corps, *par Michel Bernard*
318. Introduction à l'étude de la parenté, *par Christian Ghasarian*
319. La Constitution, *introduction et commentaires*
par Guy Carcassonne
320. Introduction à la politique
par Dominique Chagnollaud
321. L'Invention de l'Europe, *par Emmanuel Todd*
322. La Naissance de l'histoire (tome 1), *par François Châtelet*
323. La Naissance de l'histoire (tome 2), *par François Châtelet*
324. L'Art de bâtir les villes, *par Camillo Sitte*
325. L'Invention de la réalité
sous la direction de Paul Watzlawick
326. Le Pacte autobiographique, *par Philippe Lejeune*

327. L'Imprescriptible, *par Vladimir Jankélévitch*
328. Libertés et Droits fondamentaux *sous la direction de Mireille Delmas-Marty et Claude Lucas de Leyssac*
329. Penser au Moyen Age, *par Alain de Libera*
330. Soi-Même comme un autre, *par Paul Ricœur*
331. Raisons pratiques, *par Pierre Bourdieu*
332. L'Écriture poétique chinoise, *par François Cheng*
333. Machiavel et la Fragilité du politique *par Paul Valadier*
334. Code de déontologie médicale, *par Louis René*
335. Lumière, Commencement, Liberté *par Robert Misrahi*
336. Les Miettes philosophiques, *par Søren Kierkegaard*
337. Des yeux pour entendre, *par Oliver Sacks*
338. De la liberté du chrétien *et* Préfaces à la Bible *par Martin Luther* (bilingue)
339. L'Être et l'Essence *par Thomas d'Aquin et Dietrich de Freiberg* (bilingue)
340. Les Deux États, *par Bertrand Badie*
341. Le Pouvoir et la Règle, *par Erhard Friedberg*
342. Introduction élémentaire au droit, *par Jean-Pierre Hue*
343. Science politique 1. La Démocratie, *par Philippe Braud*
344. Science politique 2. L'État, *par Philippe Braud*
345. Le Destin des immigrés, *par Emmanuel Todd*
346. La Psychologie sociale, *par Gustave-Nicolas Fischer*
347. La Métaphore vive, *par Paul Ricœur*
348. Les Trois Monothéismes, *par Daniel Sibony*
349. Éloge du quotidien. Essai sur la peinture hollandaise du XVIIIe siècle, *par Tzvetan Todorov*
350. Le Temps du désir. Essai sur le corps et la parole *par Denis Vasse*
351. La Recherche de la langue parfaite dans la culture européenne *par Umberto Eco*
352. Esquisses pyrrhoniennes, *par Pierre Pellegrin*
353. De l'ontologie, *par Jeremy Bentham*
354. Théorie de la justice, *par John Rawls*
355. De la naissance des dieux à la naissance du Christ *par Eugen Drewermann*
356. L'Impérialisme, *par Hannah Arendt*
357. Entre-Deux, *par Daniel Sibony*
358. Paul Ricœur, *par Olivier Mongin*

359. La Nouvelle Question sociale, *par Pierre Rosanvallon*
360. Sur l'antisémitisme, *par Hannah Arendt*
361. La Crise de l'intelligence, *par Michel Crozier*
362. L'Urbanisme face aux villes anciennes
par Gustavo Giovannoni
363. Le Pardon, *collectif dirigé par Olivier Abel*
364. La Tolérance, *collectif dirigé par Claude Sahel*
365. Introduction à la sociologie politique
par Jean Baudouin
366. Séminaire, livre I : les écrits techniques de Freud
par Jacques Lacan
367. Identité et Différence, *par John Locke*
368. Sur la nature ou sur l'étant,
la langue de l'être ?, *par Parménide*
369. Les Carrefours du labyrinthe, I
par Cornelius Castoriadis
370. Les Règles de l'art, *par Pierre Bourdieu*
371. La Pragmatique aujourd'hui,
une nouvelle science de la communication
par Anne Reboul et Jacques Moeschler
372. La Poétique de Dostoïevski, *par Mikhaïl Bakhtine*
373. L'Amérique latine, *par Alain Rouquié*
374. La Fidélité, *collectif dirigé par Cécile Wajsbrot*
375. Le Courage, *collectif dirigé par Pierre Michel Klein*
376. Le Nouvel Age des inégalités
par Jean-Paul Fitoussi et Pierre Rosanvallon
377. Du texte à l'action, essais d'herméneutique II
par Paul Ricœur
378. Madame du Deffand et son monde
par Benedetta Craveri
379. Rompre les charmes, *par Serge Leclaire*
380. Éthique, *par Spinoza*
381. Introduction à une politique de l'homme,
par Edgar Morin
382. Lectures 1. Autour du politique
par Paul Ricœur
383. L'Institution imaginaire de la société
par Cornelius Castoriadis
384. Essai d'autocritique et autres préfaces, *par Nietzsche*
385. Le Capitalisme utopique, *par Pierre Rosanvallon*
386. Mimologiques, *par Gérard Genette*
387. La Jouissance de l'hystérique, *par Lucien Israël*
388. L'Histoire d'Homère à Augustin
préfaces et textes d'historiens antiques
réunis et commentés par François Hartog